文学鲁军新锐文丛

东涯卷
泗渡与邂逅

山东省作家协会 编

山东文艺出版社

《文学鲁军新锐文丛》编辑委员会

主　任：王红勇
副主任：张　炜　杨学锋
委　员（以姓氏笔画为序）：
　　　刘　强　许　晨　李　军　李纪钊　李春风
　　　李掖平　杨发运　张丽娜　陈文东　苗长水
　　　武学海　罗寿宪　赵德发　高艳国　葛长伟
　　　傅　勇　谭好哲

编辑说明

编辑出版《文学鲁军新锐文丛》，是山东省作家协会按照中央和省委省政府关于促进文化大发展大繁荣的部署要求，实施的一项文学战略措施，是围绕"多出精品、多出人才"中心任务，发现文学新人、培养青年作家的系统工程。"文丛"第一辑、第二辑分别于2001年、2012年编选出版，入选的20位青年作家脱颖而出，得到文学界广泛关注，已经成为"文学鲁军"的中坚力量。为深入学习贯彻习近平总书记文艺工作座谈会重要讲话精神，贯彻落实《中共中央关于繁荣发展社会主义文艺事业的意见》要求，进一步加强作家队伍建设，培养优秀青年作家，推出更多文学精品，在省委宣传部的支持下，省作协确定将"文丛"编辑出版工作制度化，缩短出版周期，加大扶持力度，并于2015年启动了"文丛"第三辑的编选工作。

省委及省委宣传部领导对"文丛"的编选工作非常重视，省委常委、宣传部长孙守刚多次听取汇报，对编选工作作出重要指示。省委宣传部副部长王红勇担任编委会主任，对编辑出版"文丛"提出指导性意见，给予了大力支持。

为保证"文丛"编选工作的科学性、权威性和规范性，省作协组成了由有关领导、专家等参加的编委会。编委会对入选青年作家的人员构成、文学导向的宏观把握、题材和体裁的合理布局、风格形式的丰富多样以及总体设计的协调统一等方面，进行了认真研究，确定了编选方案。

在各市、大企业文联作协和省作协各专业委员会及有关单位推荐的基础上，10月中旬，省作协组织专家对申报"文丛"第三辑的书稿进行了初评，评出19部候选作品。为确保评审客观公正，11月中旬，省作协又组织以中国作协和省外专家为主的评审委员会，经过认真审读、充分酝酿讨论，以实名投票的方式评选出10部入选书稿。经向社会公示后，最后确定10位青年作家的作品集入选《文学鲁军新锐文丛》第三辑。入选的10部作品包括6部小说作品集、3部诗歌作品集和1部散文作品集，既有实力作家的代表性作品，也有崭露头角的新人新作，均具有较高的思想性、艺术性、可读性，是我省近年来涌现出的优秀青年作家代表作品的一次集中展示和重点推介。这里需要说明的是，我们在征集作品时确定，入选作家原则上须为1974年以后出生，特别优秀者年龄可适当放宽。在评选过程中，根据参评作家的实际情况，为确保"文丛"第三辑的总体质量，对入选的优秀作者在年龄上适当放宽。

近年来，山东文学界非常活跃，新人佳作不断涌现，这次编选难免有遗珠之憾。但我们相信，通过我们与全省广大青年作家一起努力，会不断向社会推出更多优秀的青年作家和作品，使"文丛"的思想品质和文学艺术水平不断提高，把"文丛"打造成国内有影响的文学品牌。

省作协领导班子成员和有关方面专家参与了《文学鲁军新锐文丛》第三辑的编选出版工作。省作协主席张炜对"文丛"的编选工作提出了具体指导性意见。省作协党组书记、副主席杨学锋主持了"文丛"的策划、评审与编辑出版工作。省作协党组成员、纪检组长李军，省作协党组成员、副主席葛长伟，省作协副主席谭好哲、李掖平参与了"文丛"的策划、评审与统筹。省作协副主席赵德发、苗长水、许晨，副巡视员杨发运、张丽娜等对"文丛"的编选提出了许多建设性意见和建议。叶梅、胡平、彭学明、冯秋子、牛玉秋、水运宪、大解、任芙康等著名作家、评论家参加了"文丛"的终评工作，陈文东、孙书文、丛新强、房伟等参与了"文丛"的初评工作。省委宣传部文艺处对"文丛"的编选工作给予了指导。省作协创联部承担了"文丛"的征集和通联工作，省作协办公室承担了编委会的行政工作，省作协山东文学社承担了评审会的会务工作。山东文艺出版社对"文丛"的出版工作给予了大力支持。在此，谨向所有为《文学鲁军新锐文丛》第三辑编选出版工作给予大力支持和付出辛勤努力的单位和个人表示衷心感谢。

编者
2016 年 4 月

目录

卷一　白露为霜

错误	003
泗渡	005
惊蛰	007
缓慢	009
背影	010
朴素之美	012
盐中有毒	014
愿望	020
对一只蜜蜂的观察	021
无题	022
谎言说	023
孤岛	024
慰藉	025
性格	026
白露为霜	027

我见过那条河	034
答谢词	035
这一个孤岛寂静又意外	036
舟边书	038
涛声	039
我从不愿对别人说起忧伤	040
我爱过的事物已成为灰暗	042
到海底去	043
光辉	045
大海不需要证据	047
春风迷离	049
相遇	050
在小茶馆和克鲁斯面谈	052
与复活有关的叙述	054
各怀鬼胎	056
纸上谈兵	057
暗光	058
就在这里	060

卷二 囚徒

囚徒	065
致心中的海洋	066
绿如帷幄	067

献歌	081
在潍坊	082
潮汐	083
没有什么能够阻隔	085
所有的事物都美好如初	087
我在海岛	088
墓畔沉思	090
倾听	091
清晨的鸟鸣	092
看海	093
潮间带	094
在刀刃下	096
幽暗之地	097
宿命	100
横空出世	101
小岙墓地	103
还魂术	104
微雨黄昏	106
始于平淡无奇的早晨	107
别离	108
恍惚	110
埃玛·宗兹	111
我们说起想念就像说起潮汐	113
失语症	114
我的岛屿	116

悲伤　　　　　　　　　　117

卷三　落叶飞过

风吹过万事万物　　　　　121

渔岛小镇　　　　　　　　122

风漫过　　　　　　　　　123

幻觉　　　　　　　　　　124

赤山浦　　　　　　　　　125

扎伊尔　　　　　　　　　126

疑问　　　　　　　　　　128

黄昏，我化作一只蝴蝶　　129

釜底游鱼　　　　　　　　130

海上归来　　　　　　　　132

落叶飞过　　　　　　　　134

海边启示录　　　　　　　135

邂逅　　　　　　　　　　136

电影里的故事　　　　　　138

安静的内部隐藏热爱　　　139

海滨城市　　　　　　　　140

大街上的小矮人　　　　　142

宽恕　　　　　　　　　　143

在黑夜眺望太平洋　　　　144

风景　　　　　　　　　　145

时光带走了多余	146
艺术品	148
虔诚	150
想象中的鄂尔多斯	152
Ta	153
到西部去	154
纪念日	155
海边即景	156
我们	157
夜晚之潮	158
面对	159
文成记	161
如果	167
故园黄昏	168
怀旧的石头	170
一贫如洗	172
隐秘的爱	173
证人	174

卷四　不期而遇

一只蜻蜓在飞	177
习惯的力量	178
在别处	180

相逢	182
渔家姐妹	184
平安辞	185
计划中的生活	186
大风雪	188
站在时间的侧面	189
彼岸	191
高飞的水鸟	192
野孩子	193
织网的女人	195
不期而遇	197
归宿	198
秋天的渡口	200
假如	202
每一朵槐花都是冥想之鸟	203
乡村的月亮来自海上	205
三月的疼痛	206
魔帽	209
仰望寒秋	210
距离	212
侧面的海	213
时光的味道	214
敬畏	222
这些岛屿你曾来过	223
迎向未曾消逝的灵光	224
大地	225

风景之外 226

心怀流水 227

星期六医院记事 228

海水 230

一只褐鲣鸟在鼓翼飞行 231

在秋天的暮色中 233

卷一
白露为霜

错　　误

我一生都在犯错：我的性别

决定出生的错误

我的死亡决定活着的错误

孤傲，任性，对爱情犯了错

妄想成为诗人，使我对诗歌犯了错

其实我淡泊，平和，热爱

固守内心的尊严，这对现实犯了错

不断地受伤，一次次走向虚无

又对存在犯下了错误

我生活在海边，不断地被虚构

被边缘化，像大海一样

孤单，和船只一样危险

对宽广的人世而言，我走在逼仄的路上

是选择的错误

干渴，饥饿，试图靠近溪中的清水

和树上的果实，则是臆想的错误

我对时间也犯下错误

把明天当作今天，把出生当作死亡

这让我的期望提前落空，我的祝福

延后未到——哦,是的
我痛苦:总有人是罪魁祸首
但这样的错误需要纠正
我一直靠右边走,尽可能地
屈尊于大众的快乐
这对内心的不安犯下了错误
我的到来让先人纠结,我的存在
让自我蒙羞——
我不是一个有病的人,但这一生
都在犯错:不知什么时候来
也不知什么时候去
不被任何人期待,也不被任何人遗忘

(原载《中国诗歌》2015 年第 11 卷;入选《中国新诗年鉴》和《诗品短诗 200 家》)

泅 渡

让我后退,从广袤的大陆
让我像一尾鱼
从洋流交汇处,回到命定的地方

并非不爱。而是因为
只有在海洋
在永恒的生命挣扎中,我才能
把燃烧的火焰捂紧

如此贪恋你的温暖
这让我羞愧
我已经透支了余生的欢愉
剩下的时光
让我结冰,让我的灵魂
找到清心寡欲的方式
让过往的你成为我身体里
最华丽的伤口

当你浮动的影像扯动它

当海水,刀锋一样划过它——

我多么喜欢这痛苦,这隐秘的
伤筋动骨的快意

自此山高水远
我不再是温婉的小令
而是生活里触目惊心的伤疤

我将永远感谢你——
你是恩赐
是我的荡气回肠,唯一的破绽
是我暗昧生命里
最后的熹光

(原载《中国诗歌》2015 年第 11 卷)

惊　　蛰

这是革命的开始：新秩序正在建立。
春雷始鸣，草木初芽
差别的思想决定妥协的幅度。

而警醒，不只针对地下的蛰伏者——
从海岸到内心，潮声
雄浑阔达。这个时节，需要用海浪的节奏
从时光中脱胎换骨。

必定，有些事物正在消亡：
幽暗的自闭者。
虚张声势的牺牲品。
纠结于陈年旧事的八脚蛸
关于覆水难收的体验。

谁没有珍爱的时光，珍爱过的人？
谁没有剜心刮骨地失去过？
海贝遗失的珍珠像证词
不足以讨伐海洋——

你可以用悲观主义解构生活,但没必要
活得比江湖混乱。

一切都将重新开始。这个时候
谈谈幸福并不奢侈:
春风路。
糖果衫。
春雷萌动的惊喜。
日落后的安静。以及,日出时的绝望。

(原载《时代文学》2013年第1期,《中国诗歌》2013年第5卷选发;入选作家出版社《山东作家作品年选》2013年卷)

缓　　慢

在岛上，送葬的队伍拉着长绳
一端牵引灵车，一端通往无限
没有击缶而歌，亲人们
一脸平静。他们缓慢地走
让过世的亲人把熟悉的海岸
和靠港的渔船再看一遍
把小镇的石板路和海草房再看一遍

缓慢地走，把路边干海带的气息
再看一遍，整个海岛静下来
在白昼与黑夜之间
在灯塔的微光与海洋的雾气之间
缓慢地走，生者和死者
都需要再看一遍——缓慢的岛上时光
仿佛没有眷恋，没有恐惧

(原载《诗刊》2011 年第 10 期)

背　影

如果你是风暴，我必是海洋
接纳你。我们被判了缓期，但生命
有其必然的节奏

如果你是黑夜，我必是月光照亮你
让你看清楚，你的旅伴
心有恐惧，但并不怯懦

如果你是白昼，我必是日晷上的阴影
提醒你不要贪慕人间
乌有的欢愉和虚荣。我们要日夜
兼程，共赴生死契约

这些年，我们相安无事
我始终走在时间前面，你如影随形
风吹树叶，到底
谁纠缠了谁，谁终结了谁

若有一天风定天清

我们不再互为背影,你就可以
走到我前面去
用黑袍覆盖我——像魔术师
让山川白云消失——
让我的灵魂之火潜行地下

……那时,我们彼此相爱
合而为一,因你的名:死亡

(原载《中国诗歌》2015年第11卷)

朴素之美

相信很多,又否定很多
并不构成矛盾的对立面
我不是闺秀鱼,但喜欢海葵盛开之美
盲点在于,柔软艳丽的
事物,最易暗藏猎杀的陷阱

我深知自己的局限。但我需要
这种冒险。比如
越过珊瑚礁,在鸥鸟起落间
看清镜中的谬误
比如,以海水为喻体
用深藏不露的手写下赞美诗

居于海边多年,我的所见
并非鱼眼中的世界
鱼知道,海洋里有沙漠,漩涡里有锯齿
鳄鱼的眼泪虚构慈悲,会飞的
恐龙并非善鸟……
鱼知道这些,而我总是误入其中

现在我只相信朴素之美
是生活和阅历筛选了我的个人好恶
我一次次折返内心是为
听涛，看白鹭的翅膀掠起惊涛骇浪
人到中年，我需要这种深情

需要用海水的咸，验证
生活是微甜的，用海的尽头
丈量存在之永恒

(原载《中国诗歌》2015年第11卷)

盐中有毒

1
需要以悬空的姿态俯瞰苏北平原:
光影斑驳的水面,奔跑的牙獐
惊起的水鸟,原野,燃情岁月……
我不能准确地说出我所看到的
秋风中有侵略的力量,也有爱的光辉
我无法说出哪个更具破坏力
树木展示生存的智慧,而滩涂
正退向远方的地平线
对于盐蒿草,我说不清由绿变红
是幸福,还是受难——它们和我一样
不能按自己的意愿做出选择
只能被动地接受生活的布阵:
没有选择的出身,无法避免的死亡
危险关系,被设计的宿命……
在我面前放着一块糖,吃下后才知道
糖衣里包着毒。我的呼吸、视界
吞食的金属,触摸世界的手,深渊一样
致命的爱情……无不印着巫咒

2
我嗜好一种鱼,有魅惑的花纹
味美,剧毒。贪吃者
趋之若鹜,食亡者众。这并不影响我对它
持续的偏爱,但要忍受欲罢
不能的折磨:我曾到过一个地方
有滩涂,芦苇坡,飞椋鸟,白鹳鸧
不知名的野花、灌木、水泽、村落
关于它名字的历考,城市纪略
以及那里妙笔生花的巫师
他们的木杖与魔法石,慈悲与善良
每一个存在都穷尽我的想象
我深陷于此,全然不知自己已经中了毒

3
有人说死人会复活。对此我半信半疑
死则死矣。我只相信
中毒和溺水的人可以中途返回
我到过徐秀娟的墓地但没有靠近
这不妨碍我像个思想者耽于生命的思考
极目望去,只有秋风中的芦苇
铺排凋敝之美,只有暮色压境
催生我们内心的苍凉
失踪的丹顶鹤把一个女孩引入永恒
事实上,迷路的不只她一个——
上帝想念我们,如流水一以贯之
而流水,正以穿过她的速度,流向我

4

圣经上说,神是永恒的。其实
人也是永恒的。我们不断地
趋向爱和死亡,是为了超越和遗忘
我不再相信死人会复活
不相信被流水带走的女孩
会在月圆之夜返回。但我相信每一个
死去的人都会变成毒
有自己的特性和编号,需要生者
认领、承载、消解。就像活着的
一个人会成为另一个人
无法破译的蛊毒。就像
某个地方,会成为中毒者无能为力的
后遗症。没有解药可寻

5

一只白鹭站在浅水中,另有两只
立于堤坝,无声地看着
戴面具的人泅在黑暗的河流
孤独是一种毒,纯净和淡定是另一种毒
那雪白的蓑羽,不入俗流的
水中清影,让世间各种念头形秽
暮晚的风飘来塞壬的歌声
白鹭不为所动,如老僧入定。浮躁的
是木栈桥上摇摇晃晃的鸭嘴兽们
这些危险生物,血液里流着庶人的毒
以绅士或淑女的姿态,走难言之隐路

写子虚乌有诗,人前欢笑
暗夜叹息,不断地伤害与被伤害
甚至不知自己带着毒:
蛇毒,蜘蛛毒,蘑菇毒,断尾蜥蜴毒,海星毒
罂粟毒……幽暗的针刺隐藏在看不见的
深处。哦,神奇的鸭嘴兽
狮子的渴望,黑色曼陀罗的爱

6
绵延成片的狼尾草遍体枯黄,告诉我
成熟是毒,苍茫是毒,随遇而安

是毒。用喙和尖刺告诉我
有些疼痛的无声,和持久

它摇曳秋风的手已经枯萎,告诉我:
"不只是你,谁不在耻辱中活着?"

我愿意透过密布的狼尾草,看到
世间的好,人心的暖,爱和欢喜

铺向秋天深处的狼尾草,铺向
远方,湖沼映衬下的静谧与安宁

7
我没有写到麋鹿。我怕一落笔
就惊动了这天地间的灵兽
我只能写,我到过的芦苇滩野茫茫一片

我眼中的迷宫十字交叉

我听见的墓畔风声带着候鸟的呼唤

我触摸的大地燃着盐晶的火焰

而麋鹿,只是大平原上的惊鸿一梦

隐现在灌木与水泽间,我愿意

把它当成秘密不与众人分享

而秘密,是蝙蝠的毒在暗夜飞舞

8

大纵湖的金塔有毒,它让我渴望圆满

浮于湖面的菱角和残莲有毒

时间和命运的长矛

准确地戳中我们浅薄的快乐

还有错综复杂的芦荡迷宫

甚至,谈笑风生的友人有毒,不然我不会

忘记自己身在浮世,信仰缺失

站在金桂树下,看繁花辞树

时间的悲歌在暮秋的午后格外悠扬

残存的小黄花余香犹在

友人告诉我,这桂花香有毒

但我愿意中了这毒,以此温暖余生

是的,我们都渴望温暖的事物

说到温暖——我想起柳堡的故事

想起滩涂上,穿苦役囚衣的两个人

曾有一瞬笑得忘乎所以;想起在麋鹿区

走在身边的人指向枯树间的鸟巢

9
对于自然，我写下的每个字都是破坏
我不是神农，不是苏格拉底
也不是拿破仑，我只是怀病的麻瓜
摇着生命的瓶，在白鹳掠翅的大平原
寻找高山流水的处方
风行草偃，芦花飞白，每一处滩涂风光
都是寡淡生活里的毒对抗着
命运的跋扈与无常。据说狼尾草
也叫光明草，清热，凉血，解毒
到过此地的人都和我一样
需要反复寻找解药，寻找掌握驱毒术的
巫师。从上帝的眼光看，这是一个
命定的过程，一个真实的故事没有尾声

(原载《中国诗歌》2015年第11卷)

愿　　望

这个下午，我有一种沉在海底的愿望
我想沉在古典主义的澄明中
离开这尘世间钩心斗角的地方
不去庙堂之高，江湖之远
只想让锈蚀的嘴巴
可以开口说话

我怀念这样的时光：肝胆相照的人，在涛声
和鸟鸣中倾心交谈，看群鸥翻飞，至物我两忘

（原载《诗刊》2013年第3期，《中国诗歌》2013年第4卷转发）

对一只蜜蜂的观察

一个下午,我都在观察蜜蜂
它的飞翔,像我的
早年:不知疲倦。甜蜜而危险

一个下午,我都试图
从它对花的膜拜中
找到派生的精神法则:不沉湎,不迷失
因此,没有回不了头的艰难

它飞翔像隐士,短暂的停留像庄子
蜂巢是完美的修辞学
而思想,是蜇针

一个下午我都在观察蜜蜂
我的眼睛穿过了它,看向另一个世界

(原载《齐鲁文学作品年展2014》)

无 题

一些小小的漠然的伤害。
一次偶然的失明现象。
一个梦的中断,缺失。
一首诗中词语的堆砌,失音。
一个大规模的被盗事件。
一道生离死别的钟声。
一场来自海洋中心的风暴。
一次自我的船只遇难。

何必对这些心怀暗疾——
既然生活是伟大的失眠。既然生活
对一切都犯有过错。

(原载《中国诗歌》2015 年第 11 卷)

谎 言 说

世界上没有谎言。这句话在本质上

构成最真实的谎言。很难想象

一个没有谎言的世界该是多么重口味

我愿意相信所有的谎言

都是善意的,都是情非得已

这构成另一个谎言揭示存在的无奈

事实上,在假象环生的时代,忍辱负重

是怯懦的谎言;傲慢是偏见的谎言

曲高和寡是孤独的谎言;艳丽

是轻浮的谎言;窒息是死亡的谎言

捧,是杀的谎言;相敬如宾

是同床异梦的谎言;荣耀是荒谬的谎言

精神疾患是获判无罪的谎言

不管你相不相信,"我爱你"

有时是欲望的谎言……

谎言虚构了体面的人生,很多人

愿意活在谎言中,因为有人说

"假如说出真相,婚姻不能维持两分钟"

又有人说:"事实很有可能让人悲伤"

(原载《山东文学》2015年第3期,《中国诗歌》
2015年第11卷选发)

孤　　岛

我曾在一个孤岛上眺望
远方。远方是另一个孤岛——
沉在海里的巨轮
露出烟黛色的尖顶

两个孤岛之间,深沉的海水里
隐藏着激流,暗礁
冷血的鱼类长着尖牙
白色的泡沫分裂着海岸

我曾搭夜行船出海
试着摆渡,巨浪在海岛周围
竖起篱笆,我只能远远望着
任船底划过礁脉……

很多人,都有类似情节:
一座孤岛,遥望着另一座孤岛

　　　　　　(原载《山东文学》2013年第10期)

慰 藉

这是一条向上的路,回头
就能看到往昔。走过的石阶铺满落叶
看不到的地方
散落着时钟的轮廓。雨丝中
残缺的暗影轻噬时光

抽象的意义增加了攀登的高度
就像迷雾变幻,在巉岩
在幽谷,乱象之间
不经意的岔路口,考验选择

云端之上,我看见红叶飘落
禅灯映照廊桥,看见内心的
恐惧:那些一再迷失山中的身影,那些
云里雾里看不分明的事物

没有比这更温柔的奇迹了
——雾说散就散,雨滴落廊檐
石阶远离欲望,仿佛我们
在喧嚣的不安中寻找到的慰藉

(原载《中国诗歌》2015年第11卷)

性　　格

是谁在涂抹生活，是谁划动船桨
驶离码头——这些
我都不记得了
我总是走着走着，回头才发现
少了一位亲人；登上高坡后
才看清孤独的海拔
这颗从小到大的心，零下一度的
心，总是走不出经纬线
走不出那间黑屋子
山峦静默，积雪迟迟
大海像苏格拉底一脸哲学……

（原载《中国诗歌》2015年第11卷）

白露为霜

1

夏天消亡于命运所带来的张力
我们也将在果实的
落地声中老去——
转眼就到秋天,我两手空空
童年丢失的花布鞋
早已沉沙海底
青春,语言,爱情,墙垣上的红丝草
……停止了终日的攀爬
时值秋天,我一无所有
秋风亮着锋利的小刀子,一片一片地
削着我。在秋天
说懂得与怜惜,是多么奢侈

2

寒气一步步向深处走来
你曾多次提到秋天
带着刀刃的锋芒
而白露,是你随手挥出的冷兵器

在切割：一边芳草萋萋
一边已泛出冬的苍白

3
有些无能为力来自无可奈何的遗忘
有些，源于记忆那痛苦的水
咬噬生命的河床
夕阳西下的归途见证着白昼的结束
恣意的插科打诨
足以冷落当下的流行歌谣
那支十几年前的曲子
在我们开怀大笑时流了出来
……像一首挽歌
（记忆是个倒车挡，轻轻一拨
就倒回昨天，倒回
青春年少：青涩的爱情，风中的背影……）
车里突然静下来
现在是秋天，落日西逝
暮色像巴掌罩住我们的脸
不知谁小声说：天，越来越短了

4
它意味着黑夜的寂长。意味着
菊始黄华，蝉噤荷残
意味着有些灵魂
注定判给孤独——黑夜里
眺望远方，陪伴我的是孑然的刺猬
和一只外出觅食的猫

曾经爱过的人已成陌路,像黑夜
寂然无声。正在爱着的
人,将陪伴我度过今生?

黑夜里,可以清晰地辨别
星光的重量,礁石的厚度,以及白日里的
冷漠,献媚,嘲讽和假笑……

秋叶摇荡,屋舍无言
柔软的光晕在栅栏上淡淡地化开
黎明之前,我小心地
把身体一块一块折叠起来
悄悄地塞进童年的书包

5
一层霜从月亮上掉了下来,落在秋后
人们萧条的脸上,落在那些
正在走或就要走的路上
一层霜,厚过灵魂脆弱的纸
胜过刀刃毕露的芒。一层霜就是一声叹息
一次幻灭的幸福,苦难的风暴……
从一层霜里,你找不到慈悲
找不到温情,它杜绝任何模糊的概念
和暧昧的想法。它只是一层霜
一层命薄如纸的霜。穹庐间
明月高悬,不动声色地打探着人世间
那些冰冷的河水,幽暗的石头

那些白了头,或正在白头的人

6
秋风四起,我们在海边
谈起与此相似的现实——
不过是一堵墙,海浪的屏障
在确定与不确定之间
被不同态度的颜色
隐喻到图像里。虚无的门拒绝穿越
我们写作,我们爱
我们朝思暮想
渴望抵达,又屡屡受伤

有些东西坍塌了。流散的光
把影子折断。还有什么
不能隐忍呢
光阴老在墙皮上,那么多
松弛和剥离,怀旧的
符号,那么多
似是而非,无路径的暗示

不过是一棵正在落叶的树
丢失了鸟巢
相爱的鸟飞向各自的天空
不过是举棋不定的词语
等待下文,睁着的眼睛没有目光

7
每到秋天，我都要睁大眼睛看
花谢。草枯。天空
被雁阵
拉得空旷无边

炭笔，把万物往落日里描

我不悲秋。就是想看看
我最后的美丽是什么样子；看看星子
落下来时燃烧的表情；就是想听听
秋风吟唱安魂曲

8
空气干燥，树叶萎黄。天地间的
事物，趋向相似的命运
明天我要去看你，像往常那样
为你行孝：倒水，斟酒，摆放鲜花
在风中放飞人间的蝴蝶
我要把半年来的事情
讲给你听：梨沟河的那个老人，
你的亲家，上个月走了
疾病带给他的痛苦，和你一样多
北家的奶奶，南家的姥姥
也先后离去。她们一定怕你孤单
才赶在冰雪到来之前
匆匆上路

你牵挂的儿女们安好,昕安好,我安好
老屋安好。唉,我的婆婆
脚肿了起来,开始厌食
整天躺在床上,一只乌鸦在她怀里
筑了个窝。我越来越不懂她的
手势,那些古怪的话
常常打湿我的眼睛
明天,我将带着他们的问候
去看你,明天,就在明天——

9
穿过落满针叶和松果的小径
到达寂静。这被动的穿越也是必然的
穿越。此刻,天堂,地狱
我们的归宿,一切都尘埃落定
落满针叶和松果的小径
是一个下坡,从这里走过
必须低下头来,这样正好可以忍住悲伤
正好可以看见,落在地上的
针叶和松果——
我们的命运。多么甜蜜啊
广袤的土地不会遗弃我们
每个人,都有自己的
六尺黄土:有限的记忆和无限的安静

10
秋天。我多么安静
我的河流安静,曾经汹涌的欲望

潜流般不露声色

澹澹秋光里,我的群山安静

树木落下叶子,黄昏

藏起锋芒。在秋天

我的田野安静,风从远方吹来

卷走植物的茎叶,大地

露出真相——

快冬天了,天空多么安静

我身体的鳞片继续脱落

万物沉寂下来,只有秋天带着我高飞

(原载《中国诗歌》2015年第11期)

我见过那条河

二十年前从河边经过的那列火车

穿过暑热和离愁

早已偏离轨道。你看

河水滔滔而下,它们浑浊

像我们复杂的内心

带着一泻千里的绝望奔向河口

年轻时我曾与河水一起欢呼

那时,世界充满爱

青春没有隔阂

而今河水改变流向

沉淀的沙粒子弹一样嵌进河床

让人失魂落魄的事情远远不止这些

我的忧伤在于

至今叫不出那条河的名字

以后也不会再有人为它命名——

跟眼前的事物一样

它无法规避被遗忘的命运

(原载《诗刊》2010年第6期,《诗选刊》2010年第8期转载,《山东文学》2013年第10期选发;入选漓江出版社2010年《中国年度诗歌》)

答 谢 词

谢谢你,赶小海的女人
你的到来见证了牡蛎与岩石的爱情
你无法不对它们心存震撼——
即使必将分离也把一半的命运
紧紧相连。谢谢你们
牡蛎与岩石,你们失去的一半
正在茫茫海上茫茫地寻找
面对爱的力量,时间和灾难多么渺小
谢谢你,人间的爱
从无到有,从此岸到彼岸
从赶小海的女人到海上孤魂
你抚慰每一滴海水,每一颗破碎的心
也谢谢你,无常的灾难
使世上生命变得具体起来

(原载《山东文学》2012 年第 5 期)

这一个孤岛寂静又意外

我喜欢与孤岛对望，喜欢彼此间的
寂静与懂得。甚至
我愿意成为它
用十万亩槐林对抗十万里风沙

岁月从孤岛中流失过去
我看到遗留在水泽间的沙洲
沙洲啊沙洲
我喜欢经过我们的海浪、潮汐
那些丧失、隔绝与清修
喜欢日益沉淀的爱和遗憾

晨曦穿过薄雾，井架，采油机
进入我的眼睛
我用大地下涌动的黑金，酒的浓烈
故道风情，用半生的风烛
与孤岛相望：天地间霞光一片

在孤岛，像一场意外一样活着

像雀鸟惊飞唤醒所有的感觉
像树上的槐花,不慌不忙地盛开
像禅道中人:回眸
即是惊喜,光阴都是馈赠

(原载《齐鲁文学作品年展2014》)

舟 边 书

当风把脚步吹斜,你总会伸出手来
——我们将被带往哪里?
你沉默地走,脸上没有答案
有时我们对过而坐
隔着一只退役的小木舟
把一生当作半天,看沙漏里的
沙子一点点流下来
堆成时间的墓冢
有时从镜子里看见你的脸
我们的脸,天空一样无边无际——
风从远方吹来吹去
浪在身边不倦地歌唱
随时准备把快乐变成快乐的种子
种在岸边的树林里——
那是一个没有终点的起点
事实上我们已经
多次抵达:面对废墟。或者爱

(原载《山东文学》2012年第5期)

涛　　声

我拥有别人听不到的涛声
在灵魂附近日夜回响

活在海里的人和我对话
只有我能听懂他们的渴望

潮汐中的奔走者,在海水里
晒盐的人,晒脊梁,晒命

海鸟声之外是轰鸣的马达
渔船在浪潮中驶往远方

我拥有别人听不到的涛声
在多出来的幸福里日夜回响

（原载《诗刊》2010年第10期；入选四川文艺出版社《中国2011年度诗歌精选》）

我从不愿对别人说起忧伤

在有海风的背景中我从不愿对别人
说起忧伤,说起千疮百孔的记忆
我至今迷恋着虚无的快乐
事实上,在生活中它们离我越来越远
焦虑像沙尘暴
弥漫天空。我从不愿对别人
说起忧伤,海誓山盟
不再属于爱情,过世的亲人
他们!流水一样从山脊上消失
留下刀切的断面——
我必须持续地忍住疼痛,忍住
被拿走的虚空。我从不愿
对别人展示疤痕
它们就在我的眉骨,脊背和内心
问题是,所有这些都已成往事
又煞有介事地存在着
就像老家屋顶的黑瓦片下
那些隐匿的枯枝瘦叶,苦难的霜雪
那些自卑——它们随时

等待着来自冰山内部的风暴

(原载《山东文学》2012年第5期,《青年文学》2015年3月号选载;入选山东文艺出版社《册页·新世纪10年山东诗选》)

我爱过的事物已成为灰暗

我知道,我现在要做的:

赶在黎明之前

饮一口山脚的溪水

平静地穿越小径里的错综复杂

我爱过的事物已成为灰暗

口述者也无力撰补

死亡的伏笔

再也无法逼出晴空大雨

再次遇见你,就像面对荷马

我们在城门下分手

没有互相道别

太阳斜挂天边,岁月

从黄沙上漫过,仿佛游离的

光稍纵即逝

人世间已没有什么我想拥有

明天,我就是这山,这水

这自然的一部分

那条清澈的河流等在大地尽头

(原载《中国诗歌》2015 年第 11 卷)

到海底去

现在,贴心人,请帮我穿潜水衣
我要到深海里面去
看水中世界,那些潜流暗礁
带着怎样不露声色的阴险
横在生命的航道。我要把它们移开
让余下的岁月安宁

说不定还能找到年代久远的东西
沉没的城墙遗址,遭遗弃的草戒指
散落的战争碎片……
(这些都是生活的部分
蒙受伤害的,不只是我的父辈)
我要让它们见证记忆的伤疤

我不戴头盔。这样
就可以把在陆地上不能流淌的眼泪
流出来:为快乐,也为悲伤
就可以用海水洗净眼睛——
那些沙尘,暗影
记忆中一些名字上的不洁……

现在,贴心人,请放下水梯

太阳已斜照海底

整个海岛倾斜下来

我要在日落之前赶到海底

把倒下或正在倒下的,从根须的末梢

小心地一一扶起来

(原载《山东文学》2012年第5期)

光　　辉

我梦见我的死亡
或即将死亡。它比死亡本身更具体：
我和已经告别的亲友
团聚在一起，双手合十
……死亡是一种圆满

我梦见庄子击缶而歌；蛇的皮肤
蜿蜒于大地的清新；梦见
山脚下的溪水闪着银光
奔向大海——
死亡的芬芳，装点着我们的生命

阳光照在青石板上，一只鸟
扑起翅膀飞向鸟巢
等在门外为我送行的人
脸上没有阴影
——不被死亡奴役，他们多么幸运

……我将成为你，成为完整。而你我

都只是过去和未来之间的
堤坝,都要被洪流带到同一个地方

(原载《山东文学》2014年第4期)

大海不需要证据

黎明,和我一夜攀谈的朋友就要离开
他们讲述了船只遇难的真实经过
这在以后的岁月中
被一再复制。讲述了一个人
遭遇风暴时不比别人惊慌
也不比别人镇静:在最紧急的时刻
把自己捆在船上也无济于事——
沉没的命运里没有死亡
只有消失:一群拾贝的女人困在礁上
过快的涨潮淹没了恐惧
他们讲述了星月暗淡的夜晚
岸边凭栏远眺的女人
一脸平静,眼睛里装着整个海洋
却没有渔火闪烁没有舟船归航
海面上一片虚无……
黎明,和我一夜攀谈的朋友就要回到
各自的海上,在各自的灾难中
讲述别人的故事——是的,死亡并不负责
提供证据,因为大海从不需要

（原载《山东文学》2012年第5期，《青年文学》2015年3月号选载；入选中国文联出版社《中国当代诗歌选本》和漓江出版社《华文青年诗人奖获奖作品》）

春风迷离

虚妄的语言没有力量。请安静
请给我一段缓慢的时间
完成拯救。落水者正从悲伤的海上返回
请允许我打开口袋
装下随时间逝去的一切

乡村集市倾斜在小路尽头
浮动着陌生面孔，俗世的喧哗……
我只取走其中的
绢花：随风舞动的美
在春天燃烧，灼痛太阳的眼睛

现在，是祭奠的时候了
我不要漫山鲜花，它们
凋谢得太快。我就要这些绢花——
多么温暖啊，像我们
像我们与世隔绝的亲人

（原载《山东文学》2014年第4期）

相　　遇

从来没有如此地靠近
这个寒意弥漫的黄昏
我们在都匀
一个叫不出名字的小镇相遇
你衣着典雅
比照片上的还要美丽
不吸烟，也不咳嗽
比想象中的更沉静

一定是我惊呆的表情吓着了你
突如其来的幸福让我们失语
我们什么也没做，只是对望
空气中充满怀旧的气息

后来，你走了
才想起我们还没有拥抱
跟许许多多的人一样
匆匆相遇，又匆匆分开

（原载《诗刊》2007年第9期，《诗潮》2009年第4期、《新世纪文学选刊》2009年第10期、《绿风》2010年第5期、《中国诗歌》2010年第5期选发；入选山东文艺出版社《山东三十年诗选》）

在小茶馆和克鲁斯面谈

故事进入尾声,我忽然有了对话的欲望
和克鲁斯,和还没有降生的我
晨光穿透云层,照在
战争集结的红潟湖
黑黢黢的针茅地,仿佛一个人的
灵魂,没有谁靠近克鲁斯
他的蛮荒世界(也是我的世界)
隐藏着未知的悲剧
我来到他身边,带着温顺
安静,和从来不曾躁动过的心
我们沿着咸水浸渍的道路
来到郊外的小茶馆
在马黛茶的气息中亲切聊天
他给我讲针茅地的秘密
以及察哈鸟的惊叫
怎样在无边的黑暗中唤醒一个人
一个齐旧图新既而倒戈反击的故事
进入尾声,我们不谈幸福
虚妄,善良和邪恶

不谈孤独的狼以及合群的狗

只在命运的沼泽中逗留……

轰隆隆的雷声在镶着金边的云层翻滚

察哈鸟的惊叫在小茶馆

在小茶馆上空

在灵魂的门楣久久地回响

(原载《中国诗歌》2015年第11卷)

与复活有关的叙述

你还没有复活
很遗憾。这么多年我也没有学会遗忘
就像叙述历史事件的蓝皮书
沉船海底的青花瓷
完整地保留着久远的记忆
而我,只是把你暂存在海水里

我依然喜欢我们的黄昏和海水
可我刚写到黄昏,黄昏
就已远去,它随着飞鸟的翅膀
消失在石岛隔壁的群山中

新的生活需要新的规划
在你复活以前,我要遍访世界各地
不让我们的海岛
再有幸与不幸的符号

还要在岛上修一堵墙
挡住太阳西行的脚步

当然，也会在海边建一座海草房
为现实遮风挡雨
那透明的墙壁——无法穿越的空白——
为我们提供设计一切的可能

在你复活以前这些都会做好
经过改造的世界焕然一新
现在，请回来吧
回到我们的海岛，我们的家

（原载《新世纪文学选刊》2010 年 10 月号）

各怀鬼胎

今晚,佛和魔各怀鬼胎
他们一个要把我度到极乐
另一个要把我拖向地狱

我摘下眼镜
朝他们扔果皮,扮鬼脸
佛说我浑浑噩噩、善恶不辨
是不可度之人
魔说,傻人进不了地狱

(原载《山东三十年诗选》)

纸上谈兵

我们需要安静,需要冰释前嫌
需要放弃不着边际的幻想
放弃肩胛骨的疼痛,把琴弦上的焦虑
和不安的念头遣送出国
需要和海岛上最出色的诗人
谈论石头的前额和忧郁的眼睛
体内的河流是否冰冻
当下岁月静好,可以探讨的话题很多
我们再一次说起绝望
说起最后的道别,万亩田畴的
荒芜,说起悲伤的塔——
更多的时候,我们只能纸上谈兵
扶不起自己倒下去的影子

(原载《诗刊》2010年第10期,《诗探索》2011年第3辑选发)

暗　光

去小乔墓地，要经过村南的桃园
穿行其中，每一朵桃花
都与我擦肩而过
他们是我梦中见过的水印式面孔
离开后将再也见不着
枝头上，摇晃着暗下来的影子

花瓣落在头上，仿佛
飞逝而去的灵魂
我不能说出秘密的直觉。这么多年
经历了太多离别，暂时
或者永久
每一次都是一场凋谢
他们与我承受着相同的命运

现在我关心的不是桃花的
颜色和味道
一朵就是一道鲜艳的伤口——
有谁知道这片备受赞美的风景中

隐藏着怎样艰难的渴望

幻灭的故事

而我,是其中哪一朵?

(原载《山东文学》2014年第4期)

就在这里

那么,就让我们在这里住下来吧
以石为墙,结庐而居
在屋顶的斜坡栽植海草,把爱情
印在古朴的窗棂。从此
做个内心温暖的人,西院种菜
屋北汲水,让吱吱嘎嘎的辘轳
转出甜蜜的声音

你看,我们前世穿过的鞋子
在乡舍浅黄的光晕下
站成寂寞的样子。我们要穿上它
在宽敞的宅院走一走

还要在锦绣的搭床上躺一躺
说永远爱,带着月华的光芒
我要为你生一双儿女,把日子过得
有滋有味。夜幕低垂时
我们手牵着手
走过有海浪歌唱的林荫路

就在这里了,亲爱的
在海岛上,在空气中飘满红醋栗
和覆盆子气息的时刻
我们安顿下来,安顿下来

(原载《中国诗歌》2010年第5期,《诗刊》2011年第10期选发;入选广西师范大学出版社"漓江行吟诗选"《游人歌》)

卷二
囚徒

囚　　徒

我已在暗处生活很多年

陪伴我的是潮湿的土地

土地上的青苔，和滑过青苔的

孤注一掷的日落

我已将我遗忘

与贫瘠的影子相依为命

有时有鸟飞过

自由的翅膀扇动沉寂的空气

卷起曾经明亮的光阴

这片刻的光亮有如虎豹的斑纹

纵横在草原：一小块阴影悄悄抹掉了它

现在我已中年，生活在暗处

走不回过去也看不清未来

用一千个冥想等待救赎

用一千个冥想

抵制哭泣的沉沦——

人世间，谁是无形的囚徒

谁是真正的主人

（原载《青年文学》2011 年第 5 期）

致心中的海洋

后来，我低着头遇见了你
对我的惊喜，你报以风平浪静的微笑
仿佛从干果壳来到雪域高原
突然的恢宏和明亮让我思维缺氧——
面对大海我说不出话来
所有的语言，都遭遇了压迫

飞翔的海鸟是一句妙语在海上起落
渔船载着落日驶向码头
如果大地真有边界，如果
耀眼的景致真有边界
我几乎可以断定，你就是最后的——
边界之外，再没什么值得期待

（原载《诗刊》2010年第10期，《诗探索》2011年第3辑选发；入选漓江出版社《2011华文青年诗人奖获奖作品》）

绿如帷幄

1
我愿意称之为永恒的东西
除了流水,还有绿
当我说到绿,你想到了什么?
树叶?或许,接下来是
青草。苹果。油橄榄。黑森林。苔藓。
翡翠。天尽头的海水……
或者春天。机会。
允诺。福音。畅通无阻。
举重若轻。和平。生命……
当我说到生命,你想到了什么?

2
婴儿的啼哭擦亮黄昏,清晨醒于
鸟鸣,炊烟起自茅舍
榆钱层叠
失明的眼睛里刺槐花盛开
向阳坡地上,每一棵青草
都活在轮回的记忆中

它们发出一种声音
当我侧耳倾听,耳朵里飞出绿鹡鸰
当我观望,看到人心之动
流水,把一切带往存在的中心

3
在流水面前不宜言说,关于疲惫
虚无,和消逝,流水知晓
意义,又放弃意义
纠结无非摇摆的水草自寻烦恼

我对干旱的事物向来抱持怀疑的
态度:他们荒芜
如沙漠,徒有广大之貌
暗藏狭隘之心
不似流水:允许尘埃纷落
屠夫净手,猛兽渴饮
允许旁流斜入,不妒磅礴之势
没有此等胸怀不配奢谈流水

4
弥水澄清,可抵达过去和未来
暗中的事物各有千秋,但奔跑的
方向是一致的
壬辰年,长流水,一条易名河
取代了我浮尘中的双脚——
从杨柳岸到沙渚岛,从绿草匝地
到鸥鹭翔集,澄净带来的惊喜

恍如虚构：沿畔的垂柳

是 2600 年前的古人临流插枝

绿如帷幄，不愧先贤

河水泱泱，流过物是人非。成片的

黄金菊摇曳清风

夕光勾勒时间的影子

对于历代王朝的没落和时代崛起

它们无动于衷

没有什么是脱离秩序的

在奔跑中，我摸到流水的风骨

石头的佛心，摸到

事物的真相：在心灵与逝水之间

所有远去的事物，都会沿着水际返回

最初的命运，就像我的

暮色和黎明——

如果能驾驭不确定的生活

长在水中的树就是桅帆。登上卡戎的船

就会穿越另一条河流

5

经过盐碱滩，视域模糊的我

一下子看清了自己的境地

我被抽走的脊骨，成为任何一棵树

在旷野中伸展自由的意志

你看那柽柳，那苦楝，那罗布麻

那努力扎进盐碱的根须

带着疼痛的力量。这一刻
我找到我所丢失的
和珍藏的一切,也终于明白

这些年,我屈辱地活着
就是为了此时的遇见。在盐碱滩
在海水和月光交汇的瞬间

透过氤氲的碱渍
和低矮的盐蒿草,我终于看清我
思想的血统。就像一部作品

被反复修订,我的盐碱滩
我的柽柳,苦楝,罗布麻,我生命中的
存在之难,我的苦行,与宁静

6
从河畔到碱滩,从平原到山脊
从《礼记》的"孟春之月,盛德在木"
到《马可·波罗行记》中
"大汗命人沿途植树"
从莫尔顿到孙中山,从一个林场
到另一个林场,我看见波浪

……是波浪吗?大海在升起
潮声高过林梢
夸父的拄杖开枝散叶
无数个夸父,弥补后来的缺席……

一片醒来的森林弹奏自然之声：
蝉嘶。水流。晚祷。昆虫协奏。竖琴振鸣。
巴勒斯的绿霸鹟之歌。
沉思曲。欢乐颂……
荒山野岭，浮华和泥泞
在时间的沙漏中呼啸着远去。

风吹树叶。烟收绿野。落日熔金——
没有什么是无缘无故的。
托起云天的树，种树人的身影
让山头和权杖降低了高度。

——这几乎就是缪尔的山间夏日
从海到海，从舰队到舰队，从音乐到音乐
从心灵到心灵，巨大的
木筏漂浮于茫茫海洋
驶向远方，那隐约可见的乌托邦。

7
另一片树林，在水塘东边
是我的博物馆，收藏着
我童年的困惑和孤独。那里有土丘
坟墓，沟渠，躲避人类的蛇
我的恐惧，与好奇
我曾读遍墓碑上的铭文
但记不住当事人的生平
我认识其中两个：一个是我的同龄人

摩墨斯一样毒舌的家伙
曾在这片树林里公然嘲笑我的缺陷
那天下午他去水塘捉鱼
却被鱼捉了去,再也没回来
多年后,我仍为当时对他心怀怨怒
而不安,也为自己很想
像他那样撒野而内心温暖
另一个是村南的席爷
他细长的眼睛一眨就出来一个
鬼故事让黑夜战栗不已
他说灵魂不死,归于诸神
我无意反辩但有理由相信,他们
并没有离去,就在这片树林里
获得了新的生命形式:
长成树——
悉天命,知善恶——等后人寻根

8
碑刻上没有他的名字
不知他活着还是死亡
这个被诅咒的名字曾用来吓唬小孩子
他无妻室,无子嗣
被仇恨的出身,和黑豹一样
霸道的貌相,损毁了
他的人生。在树林里遇见时
他总是远远地咧一下嘴,露出参差的牙
我一度把这理解为,我和他
都是被歧视的人

现在我认为那是慈悲

他活着，仿佛就为这片树林

为了沉默和奔跑——从一个山头

到另一个山头，像黑豹

朝着自己的方向

我们从没对彼此使用过语言

但我能获得安宁

已经过去了很多年

他，还有那片树林，是我的童年记忆

是绿洲，对抗着沙漠里的尘土

腐殖，光阴的泡沫，以及

关于他作为森林之王的种种传说

9

东村有人杀古树，锯得古树流血

执锯的人，当场毙命

这是他亲眼所见但不确定

死者是谁。作为孤儿

他穿单衣，打赤脚，在老席爷的故事里浑身发冷

几天后他进了老林，修筑木屋

过起深居简出的生活

不远处是坟茔，但他不信鬼神

漠视死亡带来的恐惧

久旱成灾那年，村人前来打旱魃①

掘开坟墓的封土，用渔网

扣住棺材，打上圆孔，伸入土枪

---

① 打旱魃，是旧年月盛行于北方地区的禳除旱灾的习俗，认为把尸块拖到哪里，哪里就会下雨，通过发冢毁尸祈求雨泽。

将棺材轰碎，再用铁器
把尸体拉出来，刨碎了拖着跑
所到之处并没下雨，反而长出枝繁叶茂的大树
他相信，这些树都是朝圣者的灵魂
诉说着关于惊奇
冥想，沉静与希望的故事

10

我曾在年少时期种下一些树
在荒山荒坡，花岗岩的罅隙
我埋下松树的种子
那是透过峰峦、屋舍、人心和岁月的积尘
也能看到的绿.
我不确定它们存活多少
不知道世界上
每天都发生了什么，但对它们
我怀着爱恋，就像
曾经爱着尚未出现的爱人

11

这是一场持续的爱情。在黄昏
翠木蓊郁的槐杨林，杨絮飏空
多么明亮——
仿佛我从没离开过
仿佛我的灵魂
从来不曾处在幽暗之地

仿佛从来就是这样，我的内心——

成片的槐杨林：枝繁叶茂
不枯，不败。
仿佛只有杨絮在飞
只有杨絮，抽离于尘世之外

我走在槐杨林中，邂逅一棵树
和一个人的惺惺相惜
金色的光线穿枝
透叶，移动时间的轮毂——
飞进透明的想象之城

……在持续的爱情中，我不是
旁观者也不是被爱者
我只是一片飘絮。一种迷茫
隐约的爱
告别……银色的和弦
轻轻回响，在现实与梦幻之间

12
一曲微茫也许是伤口永恒的主题
更有孤烟，残阳，沉疴
芦滩茅渚野禽
转念间，绿水波光，橹声咿呀
有人归去，或正在归去
过了这个季节，我就会像草泽中的
黄须菜，通体灿烂
红毯一样铺展的身体里
不再有困惑，企望，进退两难——

我惊异于这衰老之美
惊异于片叶之苇的纯净，隐忍
乐安天命，惊异于
流水：带来一切又带走一切

13
帕斯卡尔说，人是一种脆弱的芦苇。
拒绝这个说法并不能改变命运。

穿行在芦苇荡，我的脚下长出根须。
思想，在纯洁的水里生了根。

从此我将心怀乡野。逆风
或者顺风，都不能妥协我的双脚。

清水的时间倒映着我的疏影：横斜。
残缺。仿佛僧侣：风吹袈裟，虚无。

仿佛豪格：你看，我站着。你看，我受得了。
你看，我还是会站在这里——

我已经知道碱蓬是碱蓬，黄蓿是黄蓿；
但没学会分辨，什么是芦苇，什么是芦荻。

这说明，我永远都不可能是主人。
收苇子的女人最清楚这一点。

人，是一种脆弱的芦苇吗？

——风不能摧我,孰令我折?

世上没有持续的厄运也没有永久的幸福。
最终我蒹葭苍苍,我劫后余生。

14
流水淌过我的身体但不急于带走全部
它眷顾,徐缓
仿佛在寻找谁的墓地
水边嬉戏的村姑,是我
古代的样子。绿枝下
不安分的后生牵扯记忆——
我曾如此年轻过吗
很明显,是记忆背叛了我。或者
我被记忆遗忘
恩怨全无有时是件麻烦事儿
但总有什么留下来。比如现在
我学会了倒着走,看见离去的事物
——复还:蝙蝠在飞
席爷坐在葡萄架下讲鬼故事
作为听众,荷马露出惊异的表情
那个骨癌去世的少年
正用废弃的骨头点亮星辰
万物静默如谜,总有一种救赎
让我们免于绝望之苦
四野之内,绿影一千五百里
梯田和小路环绕着山冈
林间隐现着劳动人的姿影,让我想起

沙漠里的托钵僧——征服的力量：
荒滩变成绿洲

阿特拉斯背负苍天的力量——
上帝总与我们对着干，总有人
能让上帝站在我们一边。总有一些记忆
疏离流水：生长的墙
移动的城邦，重回秩序的风……

15
你要相信，风不能带走深处的
事物：泥土深处的根
墓冢里的白骨，万物精魂
如果大地上的烟尘，一个人，如果
白昼里的光，像纸片
被风轻轻吹走
如果你从中看到自身的相似性
并为此悲哀
你要相信，风
不会总朝着一个方向吹

16
至此，我有必要提请你
不要误入世俗的漩涡
要做的事情还有很多。我们在林区
称兄道弟不是要寻找慰藉
我们攥着黄昏
连夜无眠却是为了交谈
谈论孤独。谈论局限和禁忌

生命的重量,自我怀疑的
风暴,以及敬畏、热爱和勇气

曙光尚未升起,潜鸟守望梦境
树木在静穆中铺向远方——坚忍
神秘,犹似大地刺青
犹似我们:暗淡
苍白的脸上印着性格障碍的标签
得失之间,用短暂的
欢愉,撑起漫长的孤独

就像我们站在密林浓荫下
听万树涛声——
连绵不绝的潮水啊,仿佛能越过
沙滩,将我们送上岸去
也许正因为有缺憾
我们才如此眷恋
这尘世,才像树木一样奔跑
向天边,不舍昼夜

17

其实目力所及我只看到一棵树
在宇宙中央。只看到一种颜色——
一碧千里。

只看到一个人,在
绿如帷幄的布景下,思考和发问。
……智慧的无限闪光。

只有一首曲子,从树冠中流泻而出:
我的先祖听。我的后代听。
超自然的母亲听。万能的律法听……

它带来悲欣交集的情感。
我的容器,是逐渐空无的树心
但年轮清晰,值得宽慰。

只有一种深度:深入迷雾,泥土和水。
啊,谁在日夜咬噬巨大的
根系?谁渴望众神的黄昏降临?

——自我的假设:其实目力所及
我只看到一棵树,一种颜色,一个人。
只有一首曲子。一种深度。

我看到,众多的是,和不是——
不是海水,是盐。
是本质,不是物象——我看到……

(原载《诗刊》2015 年第 11 期)

献 歌

现在,我们可以光明地相对
我已腾空体内褪色的丝绸、沙砾和乌云
沉重的窠臼卸在来时的路上
你可以安静地住进来,打开窗子
迎接晨曦和鸟鸣
芨芨草在风中眨着眼睛
它和我们一样
有足够的耐心等候花开
来吧,我的爱
让我们在寂静的冬天唱一首歌
献给大地上的流浪者,老人和孩子
献给太平洋的海水,船只
葬身海底的生命
献给落日,献给旗帜,献给
折戟沉沙的心灵。也献给你,我的爱
时光如流水不舍昼夜
我们什么也没失去,只有拥有

(原载《诗江南》2012年第5期,《山东文学》
2013年第10期选发,入选广西师范大学出版社"漓
江行吟诗选"《游人歌》)

在 潍 坊

又一次抵达记忆中的城市
满街的芙蓉花开了
风筝依旧飞在云端

著名的萝卜不再甜蜜
朝天锅,也失去了往日的味道
我是大街上孤独的异乡人

当年的朋友天各一方
手机里还存留着熟悉的号码
却再也没有他们的消息

　　(原载《中西诗歌》2009年4月号,《新世纪文学选刊》2009年第10期、《绿风》2010年6月号转发)

潮　　汐

永不止息的奔波是我。是我吗——
朝向岸，朝向来时的方向。
大浪淘沙是我。低吟浅唱是我。
是我吗？不安的灵魂在不眠的海上
拒绝停息。破碎是我——
船舶是我。礁石，海岛，风，甚至一个人
沉默的姿态……是我。
我承受了我的绝望
和你目光里的刀——除了我自己
还有什么能使我受伤？
——我喜欢这腥咸，这荒蛮的味道。
完整总是令人生厌
我习惯了体无完肤，习惯用身体里的海水
清洗滩涂的污垢。习惯了
伤口有盐。是我吗——
透明的心拒绝陈腐，沉重的睫毛
拒绝尘埃。
潮汐是我——我是岸。是起点。
是结局。是命运不能操控的轮回。

我的前世是潮汐。今生是。来世——
除了潮汐，还有什么值得我是？
是齿轮。是月光。是琥珀。是玻璃。是坟头
零落的露水。是容器。
是银河。是牧歌。是图腾。是一个人
的骨头在蝙蝠的亲吻下闪闪发光。

（原载《诗刊》2013年3月号，《中国诗歌》
2013年第4卷、《青年文学》2015年3月号选载；
入选作家出版社《山东作家作品年选》2013年卷）

没有什么能够阻隔

是不是阴阳两隔,就断了一切?
不,不是这样的
一条河隔不开我们
一定会有一座桥让我们走近
黄土隔不开我们
一定会有一阵风吹走它们
冬去春来,故园已是芳草萋萋
又怎能阻挡我们灵魂相通

我们已来过很多次
以后还会再来
守护在你坟前的青松,松林里的鸟雀
已成为我们要好的朋友
我们燃香,跪拜
我们在山野低声交谈

唉,你不要觉得孤单
以后……以后我们都会来陪你
现在这样也挺好的

我们经常见面，不停地交谈
只是换了居住的地方

(原载《山东文学》2014年第4期)

所有的事物都美好如初

风过槐林,花瓣飘落于
浆液丰盛的枝叶间
这干净、清白之物,洗去多年来
我在微苦的生活里沾染的污秽
让我能够在时间的断码中
返回久远之年。那时
我们内心有风但不萧瑟,有战争
但每一只盘子都完好无损
日落、贫穷、痛苦、阴差阳错
……没有什么能将我们废除
那时候啊,江山辽阔,花开正好
朋友间可以互相深信
很少谈论生死、天地、时间
以及即将在大地上诞生和消亡的生灵
但我们拥有一切
就像现在,槐花开落,岁月回转
所有的野兽都俯首帖耳
所有的事物,都美好如初

(原载《齐鲁文学作品年展 2014》)

我在海岛

我住在海岛,身体尚且健全,精神也算正常。
我有一条断臂,更懂得器官的重要。
我不吸烟,我的高度达不到绝对的优雅。
我不文身,也不主张文身
尽管我有一道与生俱来的伤痕。
我的时间问题出了差错,但不影响
最终与命运的约会。
我排斥谎言,却在阴雨天戴着面具
出现在公共场合——
有时礼貌性的微笑是以谎言的命题出现,
这种逃避捕猎者的装死方法适宜推广。
我爱过一个人,那人不爱我。
我又爱上一个人,不知道他是不是也爱我。
我还年轻,时间先于我而衰老。
我的生活里曾经发生一些意外,但都已经过去。
死亡窥伺着我,不靠近,也不远离。
我享受孤独,所以愿意活着。
我从来都没有不幸过
请把同情的目光留给可怜的人。

我就是我自身——以上这些,只是不受欢迎的补充。

(原载《山东文学》2012年第5期;入选山东文艺出版社《册页·新世纪10年山东诗选》)

墓畔沉思

这时,我只想和希姆博尔斯卡说说话
只有她知道,什么都不会发生
两次,死后也不会留下什么经验
从泥土里挖出的头骨
需要放在大理石上
也要放在我灵魂的高地
这是一生的藏品,从中能听见
移动的往事发出回响
是的。什么都不会发生两次
死后也不会留下什么经验
但是,一次就够了:持续的怀念
我们都漂浮在流往低处的河里
怀念压弯荆棘的腰身
但不会阻止洪流把我们带往同一个地方

(原载《山东文学》2014年第4期)

倾　　听

跟任何人一样，你
习惯竖起耳朵——
生活是失去谜底的嘈杂的罐子
你听不出真实的声音

真实被埋在地下
需要考古学家小心挖掘
需要效仿一条狗
把耳朵贴近地面——

(原载《新世纪文学选刊》2009年第10期)

清晨的鸟鸣

疲乏与衰败。无休止的索要毫无意义
暮春时节我来到郊外
来到童年的小树林
树木长大了,曾经的河流干涸了
一轮残月惨白地悬在天际
大树下孤单的投影
我几乎认不出它,认不出自己
来自头顶的鸟鸣唤醒了我

清晨的鸟鸣——

这从灵魂深处跳跃出来的音符
仿佛响在石阶上的木屐声
一点点唤醒记忆
仿佛淙淙流水带走尘世的喧嚣和欲望……
多么干净的声音啊
带着通透的力量
给了此时此地,给了我自己
对真正的自己的惊鸿一瞥

(原载《新世纪文学选刊》2010年增刊)

看　　海

深夜爸爸领我去看海

一只尖嘴海鸟从月光中升起

一小片波浪撞碎在黑暗中

潮水漫过了脚背

我感觉不到它盐分的重量

你用手指点着远方

不停地小声说话

已经很多年了

我的亲人早已不在人世

还有那只尖嘴海鸟

那片能感觉出重量的波浪

还有那只尖嘴海鸟

那片能感觉出重量的波浪

（原载《飞天》2009年第6期，《诗刊》2010年第10期、《诗选刊》2011年第1期选发；入选山东文艺出版社《山东三十年诗选》）

潮 间 带

这个潮间带的礁石认识我
记得我们用过的渔具和钓饵
记得大海的馈赠
以及我们的热情

你站在岩礁上,指挥我们
把战利品装进袋子——
闪着银光的花鲈鱼
悄悄蠕动的海螺,爬上蟹盘的
石甲红。有一只用蟹钳
夹过我的手指,留下红色印痕

海水打湿了无辜的衣衫
我们奔跑,我们欢笑,我们尖叫
鸬鹚一样快活
多么容易满足啊——

天高海阔,盛不下我们的欢乐
夏天还没到来,你已经

把它带到另一个世界
只留下这空空的
潮间带,这指尖上的疼

(原载《诗刊》2010年第10期)

在刀刃下

星期天,我买回一袋苹果

它们色泽鲜艳

惹人喜爱

我忍不住切开一个

发现里面早已腐烂

再切开一个

一条又白又胖的果虫断成两截

就像我

常常在锋利的刀刃下

一分为二

(原载《当代小说》2007年3月号)

幽暗之地

1. 印度新贱民
我不可以与你有任何方式的接触
不可以进入你的视线
因为　我是一个贱民

我生活在荒芜的城镇
与世隔绝的村落
使用自己的水井　寺院
说着属于自己的方言

我捕鱼　打猎　牧羊　宰杀牲口
像我的父亲一样
做着刽子手的行当
因为　我是一个贱民

2. 乞丐
十字路口北面，中行南边。
他戴着沾满灰尘的近视眼镜，
头顶杂草，斜靠着身子
晒太阳。

一天的大部分时间，

他眼神追逐着街上的孩子。
那焦急的样子，就像在寻找
四十年前丢失的某个童年伙伴。

剩下的时间里，
他嘴里叼着烟头，
一动不动地盯着街对面
海报里始皇帝的巨幅画像。

早晨上班经过那儿，
我常常带去一些食品。
那时他刚刚睡醒，
镜片后露出嘲讽的微笑。

最后一次经过那儿，
春天才刚刚来临。
人们围着散了架的始皇帝的画像，
叽叽喳喳，久久也不肯离去。
我手里提着食品，
不知到底要施舍给谁。

3. 广场的流浪汉
一个模糊的黑影，
蜷在广场一角，
一动不动。
我居高临下，
对此做各种猜测：
那是一只迷路的乌鸦，

一只埋伏的猫，
一条受伤的狗，
或者是一团被人丢弃的旧衣。
最后我确认，
那是城市腋窝下
一小块孤独的伤疤。

4. 雷雨

雨点砸下来时，麦田里的人
躲到黑衣老人的小土屋
坐在板凳上，看着窗外
谈收成，谈天气，谈乡村野史
和轮回报应
他们说，老天爷是来收人的
做坏事的人，要遭报应
又一个惊雷响过，火球破门而入
穿透黑衣老人干瘪的身体
这是雷神经过的秘密通道
无法破译的密码
那年六月，沟姜家村一个七旬老翁
一生困顿，心地善良
却突然死于雷击
这个世界从不缺少偶然
关于命运，我们无法说出更多

(原载《新世纪文学选刊》2009年10月号)

宿　　命

持续的大风雪
……再也没有地方藏身了

一只鸟飞进走廊
迂回奔突

它朝光明扑去
却弹落在玻璃下
它继续飞起
又奋力扑去——

更多的时候
我们在穿越黑暗后
又被光明弹落

（原载《诗刊》2009 年 3 月号）

横空出世

我喜欢这个词——横空
出世。

像银色的鞭子
把黑暗的天空抽成破裂的蛋壳
——孵化出真理。

像平地惊雷,惊艳俗世的喧嚣与自负。
像无风起巨浪——
来自内部的潮汐
主宰生命的律动。

像魔法一场,我的爱情。像我的
衰老,在一夕间。

横空出世——我喜欢
这个词:包含了任何可能
与不可能。

——像一次绝地反击:没有失败者。

——像大海完成的分娩,那么痛,那么骄傲。

——像最后的审判中突然出现的证人……

(原载《诗刊》2013 年 3 月号,《中国诗歌》2013 年第 5 卷转发)

小夼墓地

冬去春来,这里安静
风轻,阳光普照;青草漫过山坡
我影子寥落
脚印稀疏,淹没于松荫

若干年后,我的名字
将写在毛边纸的
家谱里,那时
我是这里,安详的居民

(原载《山东文学》2014年第4期)

还 魂 术

事实是,我们都缺乏足够的智慧过好生活
在一筹莫展的时光里,活着
却不免忧伤;爱着,又毫无希望

我们都曾坐在海边看未来
在年轻岁月痛失亲人
海风铺展而来,我们所遭遇的风暴
带来的是静穆,和悲伤

这些年,我迷恋孤独甚于快乐
有时想不通活着的意义
但想起你,总会想到古老的街巷里
牛车上的阳光

夕阳投在海面的影子逐渐灰暗
这并不代表命运的走向
亲爱的,你相信吗,生死,爱恨,是非
海上变幻的风云……都会过去
所有的苦难,都有终止之时

就像我们——被痛苦切割的伤痕里

堆满了盐晶体——在黑夜

也会发出光芒

天黑了,又白了。这小小的还魂术

带来海水一样深沉的幸福。但灵魂的国度

适宜四季寒冬

生长在北方,两只刺猬

抱团取暖的方式

只能是,用心地爱,无心地伤害

  (原载《诗刊》2013年3月号,《青年文学》2015年3月号选载)

微雨黄昏

临近黄昏,雨又落下来
被晕染的群山很像一个人
纠结不开的孤独
树木还没长出叶子,它们站成一排排
无数个想法
流连在枝丫间,每一棵
都活得像别人的地方
零星分布的鸟巢已经度过寒冬
我喜欢这样的暮色和雨氛
想象天气慢慢地转暖,被过旧的日子
渐次生花。这个时候
你可以忽略菜市场的争吵吆喝
忽略六朝国事和八卦新闻,就这样
看扁舟岸侧,微雨轻斜
放学路上,花伞下
走着我们似曾相识的童年

(原载《时代文学》2013年第1期)

始于平淡无奇的早晨

平淡无奇的早晨可以诞生死亡：
卖火柴的小女孩；战争中
溃败的躯体；刀光下的惊魂；
被流弹击中；闪烁的梦境在地震中
裂成碎片；雪崩里的苹果；
醉酒者冻死街头；无家可归者秘密失踪；
或者死得不明不白，像心爱的
牧羊犬和步履维艰的爱情……
所有这些，无一例外地
垂下高贵的头颅。作为其中一员
我曾经看到天空是蓝的
人情是暖的，乡亲年轻而庙宇完好
报时的钟声步履齐整……
当一切远去，只剩下悲悯
有人在远处高唱：我家住在黄土高坡
这是智者知道最后的归宿——
每一场盛宴都有同样的结局，
我们经历春天，也终将
成为一堆骸骨匍匐在安静的冬天。

(原载《新世纪文学选刊》2010年增刊)

别　　离

好像没有什么能够挽留
渔村酒楼，动荡不息的大海
天际闪烁的星辰
站台上忧伤的凝望——

小镇安静而大海诚实
它的快乐和不安，它的目光所及：
烟囱，树木，灰瓦房……
都一览无余地呈现
而我们，只是漂浮在海面的浪花
一遍遍碎在礁石上
碎在桅杆升起的黎明

一辆车牌为 28364 的大巴
带走小镇鲜活的气息
花蛤，黑鱼，或者柔软的海蜇
也带走了，唯一的你

雨将落下，远方云层堆积

那是你要穿越的地方

事实上你未曾来过,也没有离开——

那些梦境中的来与去

是我背负一生的重量

很多时候我们不能预料结局

就像无法抵挡之前的开端

(原载《诗刊》2011年第10期)

恍　　惚

我习惯斜倚沙发看书
这个角度很巧，透过光线
可以清楚地看见你
身着紫衫，跟我读同样的书，微笑着
解读平常的疯狂
阳光中浮动的灰尘像记忆
闪亮的鳞片带来一些明朗的疼痛
秋日干爽的空气中，一片叶子
慵懒地揭开冬天的门帘

（原载《诗刊》2007 年第 9 期）

埃玛·宗兹

此时,我就是你

埃玛·宗兹

一样悲戚的灵魂有同一个敌人

他夺走我们的尊严

弃在荒郊旷野

满含纠缠的风吹凉

疲乏的记忆,西去的无轨电车

带走了黄昏最后一抹光线

1922年1月14日

或者12日,幸福像深秋的果子

重重地跌落

大地上开遍小黄花

无言地祭奠着逝去的一切

生活是一个漏洞百出的圈套

我们深陷其中

持枪的手为什么会颤抖

扣动扳机的那一刻

一切都结束了,怨恨

爱,及其他

"虚假的只是背景情况、时间和一两个名字"

(原载《青年文学》2011年第5期)

我们说起想念就像说起潮汐

属于我们的那片海洋，一经抵达
就不想离开；属于我们的
那片绿荫，让我想起秋天的风——
深沉的快乐和悲伤
你涵盖黑暗与晨光的眼睛
越过辽阔的灰烬望向我，像真理
停留在低矮的墙垣
我们在路上遥望，在站台一侧挥手
落日把潮湿的礁石
染成铜黄，远行的船只载满
甜蜜的忧伤：此时，大海像你沉静的脸
我们说起想念就像说起潮汐
最终的安宁必会容纳
我不停地奔向你的灵魂

(原载《诗刊》2010年第10期；入选诗刊社《2014诗歌年选》)

失 语 症

对掌握话语权的世界和捕风捉影的
八卦,我越来越无话可说
它构成缺憾的人生
我需要时时面对无处安放的虚空
我受伤,逃亡,隐居海岛
作为一次完美事件,它让我自成一体
随心所欲地安排自我的船只
在孤独的海洋里享受
零重力。相对于人类藏而不露的智慧
我更喜欢礁石,浪潮,海鸟
和斑斓的海洋生物
它们干净,纯粹,没有私心
杂念,以及防备的围墙
让我每一次远航都充满奇趣
当然,这仅限于一次完美事件聊慰余生
在扼杀理想主义的现实中
我需要参加一场葬礼,需要写一首诗
被大河传诵,需要比沙漠更沉默……

（原载《诗刊》2013年3月号，《诗选刊》2013年第7期、《青年文学》2015年第3期转发；入选《齐鲁文学作品年展》2013年卷和作家出版社《山东作家作品年选》2013年卷）

我的岛屿

世界很大，唯独在我的岛屿

走失的鞋子才会回来

伤口里才会长出鹰隼的翅膀

眼泪才会同黄海一起

恣肆汪洋

在我的岛屿，我是一切

可以指挥鱼群，潮汐，风暴

爱与和平

太阳照耀每个角落

我的岛屿没有污染，疾病，灾难

没有背叛与伤害

人们用幸福解决幸福的问题

（原载《诗刊》2010年第10期）

悲　　伤

他在黑暗中哭泣。这个顽固的
男人，曾说自己不会哭泣
即使遭遇车祸，医生用粗长的弯针
穿过他头上的创口
即使在治丧中——身陷体制的
折磨，以及父母去世——
他也始终沉默
暗藏风暴的海洋也为之心慌
偶尔，他会对着墙上的照片发一会呆
也会抱着我不说话
我想这个顽固派
大概这辈子都不会哭了
现在是夜酣之时，我突然听见他
在睡梦中哭泣——
短促、沉抑的一声，蕴含了所有

（原载《诗刊》2013年3月号，《诗选刊》2013年第7期转载；入选作家出版社《山东作家作品年选》2013年卷）

卷三

落叶飞过

风吹过万事万物

我知道,我必须来这里点一盏灯
在每一个日日夜夜,为你祈福

从此,你可以放下体内的绳索和尘埃
河流平静地流淌

风吹过万事万物,发出祥和的光芒
我们在这里,安下虚空的心

安下不生不灭的心,安下灯一样
悲悯的心,明亮的心

在生命的场所,在自己的
佛龛内,缓慢地燃烧……

(原载《山东文学》2014年第4期)

渔岛小镇

它浮在海面,依靠锈蚀的缆绳

与陆地保持有限接触

石头垒起城堡

坚固的内心装着旧事,喧哗

和不染尘埃的秘密

它的幽僻超过野草地里隐秘的浆果

大石路上流动的异域口音

只是匆匆过客读不懂

小镇的孤独

海岛周围泊满船只,有人从这里启程

带走海草暗昧的气息

很多年了,他们中的一些人

再也没有回来……

白鹭在海面低飞,看得见

和看不见的虚无随着云雾升腾——

小镇浮在海面上

我们浮在人世间

(原载《山东文学》2012年第5期;入选中国文联出版社《中国当代诗歌选本》)

风漫过

有一种不自知的状态,我常陷于此
这时蝴蝶飞,风从墙幕上滑下来
漫过屋顶,漫过下午的时光
沿着倾斜的山坡漫过
枯死的河床,河床边遗失的鞋子
鞋子里无人知晓的故事
风不停地漫过来,在蓝色海面卷起
浪花(它曾作为祭奠的道具
出现在人间葬礼上)
这些风,以胶片的形式
无限漫过来,漫过村庄,水井,石臼
漫过童年的砂石路——
砂石路和砂石路上的行人已不知去向
面无表情的风啊,缓缓漫过墓地
漫过逝者尘埃里的脸
漫过体内的闪电,雨水,泥沙俱下的生活
像海水漫过沙滩,你漫过现在
风漫过来,不停地漫过来
漫过走向秋天的灵魂,漫过
疲倦的手指——那些我们一直想要抓住的
爱情,幸福和命运

(原载《青年文学》2015年第3期)

幻　　觉

夜晚打不开那扇门
徒然地挥动黑色的翅膀

一只猫悄悄走过
柔软的脚步声，一直回响
在沙滩上

生锈的手，打不开天空
打不开吐绿的田野，凋谢的
桃花，以及河水
刚刚泛起的温暖

黑暗中……天堂很美
用一根细线
即可轻易抵达

（原载《诗刊》2009 年 4 月号）

赤 山 浦

我现在走的这条路
园仁法师必然在公元 836 年走过
入门即见的这道小桥
必然在园仁法师的眼里停留过
由西向东，经桥下潺潺而过的流水
还倒映着那时的天空，天空的祥云
园仁虚无的影子

还有瘦削的骨头，发出舍利子的光芒
万物是一个圆——
从樱花盛开，到尘埃纷落
现在已近黄昏，河流正在远逝
飞过香炉的那只鸟，啾啾的叫声落地
站在叶片飘飞的国槐树下
从禅房走过的僧侣看了我一眼
我知道，这是圆仁法师
经年的目光

(原载《诗刊》2010 年第 10 期)

扎伊尔

类似的疑问是旅行的悲歌,譬如
扎伊尔——
你一定不知道扎伊尔是什么
或曾经不知道
它是一枚硬币,面值二十分
在金属中戴着神话面具,在现实中
一脸诡异:上帝就在钱币后面
却买不了生活、爱情和尊严
作为大理石的纹理
它纵横在科尔多瓦寺院
和不同年代的僧侣一起看桃花
开了又谢,燕子来了又去
漫长年月里,它曾化身金黄的老虎
漫步在海洋,群山
漫步在我们荒芜的心田……
关于它的传说其实很多
而我只取其中一种
扎伊尔!是谁为我们命名
是谁把我们当作星盘扔进海底

是谁,在情不自禁的想念中

耗尽一生的等待

你不知道

你一定不知道

岁月阒寂,玫瑰的影子藏在暗处

七百年后翻开史书

你会发现摩洛哥土的安水井的井底

静静地泊着经年的秘密

  (原载《诗建设》2013年第8期,《诗选刊》2013年第6期转载)

疑　　问

一定是我在拉小网时丢失了名字
那时，豆子开花了，月儿正南
星斗映着平静的海面
我们拽拉着网梗，满心都是期待
海上不时传来鱼跃声
你肩背的鱼篓敞开心胸
等待着牙鲆、石䱗子和加吉鱼
四周一片寂静——

一定是收网时你不小心喊出了我的名字
躲在礁石后的海夜叉
听见了我的名字，不然
它为什么总要在深夜里敲击
我的灵魂，为什么
要一再地拿走我在世间的一切

（原载《诗刊》2010 年第 10 期，《诗选刊》2011 年第 1 期选载；入选漓江出版社《华文青年诗人奖获奖作品》、漓江出版社《2011 年中国年度诗歌》）

黄昏,我化作一只蝴蝶

黄昏,我化作一只蝴蝶
低飞在花丛里
云朵上的风,再也不能
把我的心吹冷

可以在旷野随心说话
我有众多听众,它们,在枝丫上
在沟渠边、窄路旁
在渐渐暗淡的光线中

不幸的生活变得幸福起来——
羊群,蚂蚁……这些活在低处的
朋友,与我一起守住落日
守住一个温厚发光的词

(原载《诗潮》2009年4月号)

釜底游鱼

偶然的现实像梦,但不会那样地消失
它看起来很美好,像秋天的手
轻轻一抓就能赢得一切
这让我想起你,奥塔洛拉
从马蹄下发出回响的草原,走进
尊荣的牵牛花庄园,心里装满红发女人、骠骝
和散发着马厩气息的胜利
郊外,玫瑰盛开
另一种失败正缓步走来
对于欲望,夸大的幸福总是虚幻
对于可笑的死人,又有谁心存怜悯——
秋风会带走一切,就像
飞扬的咒符绊倒牛只、蒿草和马背上
驰骋的命运
偶然的现实像梦最终要醒过来
你死前的顿悟成全了苏亚雷斯的轻蔑
请不用为此羞愧,放眼望去
日益衰败的庭院里,长满向上爬的
枫藤,和你一样

内心的企图长着尖角

谁能忽略不可抗拒的命运?

——无处不在的欲望,陷阱,地狱的火焰

奥塔洛拉,你不是

第一个,也不会是最后一个

(原载《青年文学》2011年第5期)

海上归来

在不幸的源头，总有一桩意外
海浪的舌尖吻过弄海的人
这是一种古老的接纳
飞翔的海鸥因真相而悲鸣

拣浮水①的女人多了起来
修假坟②的女人多了起来
海水苦咸，浪花漂泊
哪一朵，才是无家可归的水手

黄海茫茫，不断上升的雾气
模糊了海岛的眼睛——
等候的名单上，失踪者
还会一个接着一个地出现

——其实他们只是去长途旅行
当海潮退尽，螃蟹

---

① 拣浮水：在海边查找海上漂来的遇难者的尸体。
② 修假坟：因海难而尸骨无存者，棺内只置死者生前衣冠而葬，俗称修假坟。

吐着泡沫穿梭在沙滩上

他们蹚着渔火，与我们擦肩而过

却不为我们所知

(原载《诗刊》2011年第10期)

落叶飞过

阿婆在藤椅里打盹
正午的阳光
把她的灰布棉衣
洗得像晚年一样发白

她撑开松垮的眼皮
脸上的皱纹堆积如山
一片落叶飞过
她曾经汹涌的河床

(原载《诗刊》2010年第10期)

海边启示录

我不轻言痛苦并不表示我藐视痛苦
像海水不轻易吐出残骸
不轻易吐出钢铁和真相

谁的心里会没有苦涩呢
生活在海边的人
早已学会对自己心怀敬意

必须向岩石学习抗击术
像海浪那样承受破碎
学会忍受章鱼那白纱似的眼皮
享受风浪过后的宁静

(原载《诗江南》2012年第5期;入选山东文艺出版社《册页·新世纪10年山东诗选》)

邂 逅

我深知抵达爱情深处意味着什么
但不会为此退却
穿越长满斑点的月亮
我走近阿斯特里昂。前世的影子
匍匐在地,孤独
缓慢地延伸到时间的尽头

街上门窗紧闭,异乡的土地上
黑暗和陌生人无家可归
阿斯特里昂,世上绝无仅有的灵魂
敞开寂静和凄凉的情怀接纳我

一切邂逅都是事先约定
——我爱你已久
亲爱的
眼神幽深古旧的阿斯特里昂

我确定我是第十个
走进这神秘寓所的人,也必将

在你手上幸福地死去——

"虽然他必杀我,我仍对他信赖"

(原载《青年文学》2011年第5期)

电影里的故事

在光线被彻底清洗之前
我乘晚点的车
去看一场晚点的电影
电影里演着别人的故事
男主角冰冷,郁闷
如苦难的湖水。我为之动容
并深深爱上了他
我们在暮色里相爱
相信地老天荒,相信日出时
一切不幸都将终结
不知何时,曲终人散
他从我面前消失了
黑暗中,飘起无数张陌生的脸

(原载《新世纪文学选刊》2010 年 10 月号)

安静的内部隐藏热爱

有时大海只有一半安静
没有扑动的蝴蝶翅膀,只有
层层海浪涌上沙滩
我相信,这是内心经过压制的激情
不小心露出对海岸的渴望
就像这个无风的夜晚
我恰巧经过你的窗前
忍不住对你说出深藏的热爱

(原载《诗刊》2010年第10期)

海滨城市

天空向蒸腾的热浪妥协了翅膀
海跳动在远方
时间之手沾满欲望抚过
六月干枯的河床

白桦树卷起叶片
鸟儿躲避在绿荫里
藏匿起歌声
小草曾在春天里茂盛
六月灼热的天空下,它们
紧闭着眼,忘记河流,忘记海

大厦分割开天空
街道继续切割着城市
大腹便便的外国佬
戴着有色眼镜四处张望
年轻的女同胞们装扮简单
黄头发,绿指甲
烈日下,张扬着令人眩晕的白肚脐

民工张大嘴，蝙蝠一样

紧贴在写字楼巨大的墙壁上

空调机碾出汗水

洒在他们粗糙的脸上

顶着瓜皮小帽的维吾尔族小伙子

枯坐在地摊前

他们轮廓分明

眼睛里深嵌着故乡忧伤的影子

苍白的天空下

我踩着6月19日正午的日子

匆匆赶往医院

暑热　虚火　躁动

我天使一样丢失了翅膀

道路开始在脚下浮动

(原载《诗刊》2007年9月号)

大街上的小矮人

大街上,你一定认不出她
一个小矮人
一个你不认识的小矮人
风吹乱她的头发
她的眼睛大大的
睫毛长长的
手脏兮兮的
但不影响她是个小美人

为什么要认识她呢
四周的建筑对她来说太高
身边的人对她来说又太大
小矮人一边走
一边低着头
想着属于她自己的小心事

(原载《新世纪文学选刊》2009年第10期)

宽　　恕

一只乌鸦衔着黑简逆风而飞
我不相信这就是尾声
不相信死亡的步伐
跟得上一束海上的光线

不相信末日正在降临——
我还有梦没有醒
还有内心的风暴没有安顿
还有宽恕期待着风暴

河流把谎言当作鱼骨吐出
这个人，我要宽恕
我自己，我要宽恕——
为了爱我愿意俯仰你的鼻息

在我死后，也请你宽恕我
说出通往秘密的密码——
它在我心里存放了太久
宽恕将把覆在它身上的青苔一片片剥落

（原载《山东文学》2012年第5期）

在黑夜眺望太平洋

其实是另一双眼睛在盯着你——
你无法忽视那从黑色的洋面
升起来的眼睛,无法装作
什么都没有发生
神秘的黑衣人,眼神空洞地望着你
你无法说清其中的
雾气是怎样弥漫了太平洋
涛声不朽
对将要发生的事情它一无所知
——如果是厄运,表示罪愆正在延续
如果你活过了今夜
那么祝贺你——你将获得更多的
痛苦,无穷无尽

……我就是这样
在循环往复的黑暗里被注视,被重生

(原载《诗刊》2013 年 3 月号,《诗选刊》
2013 年第 7 期选载)

风 景

让我在你弃置的空地上栖居吧
我已种好一畦畦的绿
你来与不来,都不能阻止
一些颜色在眉眼间盛开

这个四月,耳朵高不过鸟鸣
你沉默的声音不断上升
精心收藏的风景
不敌一粒尘埃,一开口
便碎得七零八落

破碎的过程是完美的盛开
从一朵花开始
你席卷了整个春天

(原载《诗歌报》2007年10月号)

时光带走了多余

一切都在重逢，以清心寡欲的方式
一切都在复活，蜜蜂带来琼浆
一切都臻善臻美，时光带走了多余
一切都在上升，灵魂在鸟鸣间舞蹈——

花香在舞蹈，篝火在舞蹈，我们
在舞蹈。我们品槐花宴
回忆千曲菜、土里酸、福子苗、草鞋底
老鸹瓢、谷荞子……
我们喝槐花蜜，把红荆条上的
小野果当成了相思豆

天空在燃烧，白色的花瓣落下来
时间跳着踢踏舞，我们跳着篝火舞
我们带着当天的微笑
像堤坝上的风踩着古老的鼓点
我们比水蓬花更加鲜活

来吧芦苇，来吧蒲草，来吧野兔

来吧,我们朝思暮想的人儿

我们重逢,我们跳舞

我们放下无法知解的自我

我们在星光下,获得槐林的寂静

(原载《齐鲁文学作品年展2014》)

艺 术 品

海洋,灵魂的沙盘,无法收藏的遗憾
它暗藏的灰烬
和光影,难以复制

但有幻象剥落。当你突然
从一个人身上
看到另一个人的影子
如海市蜃楼。时空和视障的迷雾散开
历史的残片
在这个人身上还原

当你用海水把落寞和凄凉
烧成青花瓷,明月夜
它的光芒,让河汉也屏住了呼吸

一个人,只身住在海边老宅
并不孤独
这里有祖辈们的生活气息
——他们死去多年了

午夜，你推开房门
发现他们就在这里看书
喝茶，低语，从时空里转身
仿佛杜尚的
日用品，放在意想不到的地方
每一个，都是孤品

  （原载《诗刊》2013年3月号，《诗选刊》2013年第7期选载）

虔　　诚

我喜欢：天上月亮。秋夜虫
鸣。山涧溪流。
稚子的眼睛。善举。
弱者所体现出来的勇气。仁慈。
……它们纯净
圣洁如入殓师的表情。

哦，我喜欢入殓师的
表情，俗世中最后的慰藉。
多么温暖——
我喜欢所有温暖的事物：
牛车上的阳光。母亲
在村头的凝望。亲人的拥抱
爱情里小小的阴谋。
垂暮时光。
临终的眼……就像我

喜欢孤独。
喜欢透进牢狱的一缕微光。

喜欢突然滚落的泪水——快乐
或痛苦的馈赠
——无须任何理由。

  (原载《诗刊》2013年3月号)

想象中的鄂尔多斯

想象中的鄂尔多斯
是一只洁白的羊羔,眼睛明净
披着柔软的绒毛
那里有辽阔的草场
寂寞的狼群,那里有翻滚的
麦浪,洒满月光的镰刀

哦,想象中的鄂尔多斯
是件温暖的容器
我内心有种渴望
在有生之年走到你的身边
从纸上出发
不知要穿越多少光明
和黑暗,才能抵达

(原载《新世纪文学选刊》2009年第10期)

Ta

我的单身宿舍还住着一个魂灵
在暗处,我看不见的地方
看我在深夜
为一个人哭泣,看我终日郁郁寡欢。
我没在时,Ta 就跑出来
和空气中的尘埃捉迷藏
反复地把白床单上的时光揉乱,捏碎
把一盘棋下成残局。
然后 Ta 模仿文学作品中的人物
用汉语、英语、韩语
和记忆所及的一些乡土方言
同屋子里的物品说话
有时属于美学范畴,有时属于植物学。
最后,从 Ta 口中说出的
是死者的语言。
风吹动纱帘,我终于看清——
原来 Ta 的样子,就是我的样子。

(原载《诗江南》2012 年第 5 期,诗刊社《2012 诗歌年选》选载)

到西部去

这条路到底有多远,沿途要
经过几个城市,几条河流
几次日落日出
谁会与我擦肩而过,谁会与我
细语交谈
中间会有多少墙垣倒塌
多少庙宇重生,多少原野
沙漠,接纳我的孤独和渴望
到西部去,我只认识
一条道路,一个人
一次相遇和别离
他们将是一个发生
他们有多种版本演绎同一个故事
于史前存在,也必将
延续到我们看不见的结束

(原载《诗建设》2013 年第 8 期,《诗选刊》
2013 年第 6 期转载)

纪 念 日

嗯。我是你的
万亩嫣红,一生的想望,和孤独

今天是自由的寂静
今天,声音的浮冰撞击着我
我知道,那是从遥远的高原
冲击而来的蓝色想象和矿物的忧郁

如果我说,我们是彼此的自然灾害
你同意吗

白天的重复无穷无尽,而属于我们的
黑夜有限
事实上,什么都没有结束
一年又一年,我都是你的唯一
一朵玫瑰,栽种在石头上
不离开,不枯萎

(原载《遂宁日报》2015年4月副刊华语诗刊)

海边即景

渔民们都有过照蟹子的经历——
夏天雨后的夜晚
雨水灌满沙滩,小型蟹
爬出来自由呼吸
(哦,被强迫的自由多么无奈)
此时无风,无月,无杂念
沙滩上灯光点点——
渔民们全家出动,小孩提灯
大人拿桶,他们低头捉蟹
他们在光芒面前迷失方向的样子
多像一只小型蟹啊——
当人潮散去,空旷的沙滩上
只留下凌乱的脚印
和失踪者下落不明的消息

(原载《诗刊》2010 年第 10 期)

我　　们

那么现在，让我想想我们——
你是我的赞美诗。而我
是一个病人虚蹈自己的灵魂
含着石子，改不了口吃的老毛病
说母语时也会听到嘘声

我们在普遍性的镜子里谈论个性
并吃尽苦头
这不妨碍你是我的赞美诗
我总是忍不住说起我们
有时是游动的水母怀着生命的温柔思想
有时是两座纪念碑

有时是彼此的父母不离不弃
有时是彼此的子女心怀感恩
最终是彼此的舌头
吞咽谦卑，说着热爱

（原载《诗建设》2013年第8期，《诗选刊》2013年第6期转载）

夜晚之潮

在夜晚,能够从万物中分离出来的
只有海水——
只有海水不停地晃动
对于将发生什么我们一无所知

拍岸而来,又不断退却
留下泡沫和回声。暗礁若隐若现
美好的事物消失得太快

就像内心的纠结
如果潮水能将它成功地带离——
风景远在另一个海岸

风吹石岛,我无法说出内心的爱
大海的远和一个人的苍茫
我只能遥望——
在潮起潮落中,黎明近在眼前

(原载《中国诗歌》2013年第4卷)

面　　对

再一次相见是二十年后
念念不忘的人，拘谨地
站在我面前
时间是神奇的魔术师
挥手间，把诗情画意的
森林，变成半截缺水的木头

你讪讪地笑，手足无措
已不是当年浅笑间明亮的诗歌少年
短短的二十年
仿佛是刚刚走过的昨天
可转眼间我们已人到中年

茶水添了又添
在浓重的潮湿中
我们说着不相关的人和事

窗外阳光正好，一只灰雀孤单地
站在崖石上，大朵的云

在远处的海面升腾

空气中哔剥作响的,是内心深处的

渴望,在旧事重提中悄悄地熄灭

(原载《诗刊》2009年第3期,《新世纪文学选刊》2009年第10期选发;入选漓江出版社2009年《中国年度诗歌》)

文 成 记

1
这里的每一处景致都是陷阱
晨曦乍现,天顶湖泛着波光
我在南方的山水中静听野鸟情歌

傍晚,和三五师友漫步在山路上
峭壁深涧,铜铃声响
生命的回音传到千里之外

离开自己熟悉的地方不是为了遗忘
在文成,我深陷每一处景致
忘记了生活中还有太多的不确定

我被流水指引,看到清晰的流向
被尖峰指引看到可能的高度
看到义无反顾的瀑布,爱的勇气

看到岩间原始的野性,每一处
芜杂和缺陷的静美。我呼吸着美景

成为自然的一部分

2
许多人写到铜铃山,沉湎于幽峡密林
却在约定俗成中忽略一个错误:关于它的命名。
一块形似铜铃的石头
不足以承担如此生动的名字。
抑或它就是夜的精灵
在星光下,在山野中唱响铜铃之歌?
现在我不需要做什么,只消说出真相。

3
铜铃山上有众多植物
我只关注狗骨柴
只想把心事说与它听

那些连香树、鹅掌楸、花榈木
钟萼木和红豆杉……太热闹了
不能理解我谈论孤独与孤独的快意

当我唱起山海之歌
也只有狗骨柴
配合我的节拍微微低下头来

但我们只是擦肩而过
太多的话还没有说
就已消失在各自的山水中

4
作为一种骄傲,百丈漈
悬挂在高于目光的地方
我总是担心,假如流速再快一些
它会不会匍匐在地
同大地上的河流那样
因为缺少高度而归于普遍的命运
我极目仰望,只是为了看到
接近瀑布时流速加快的河水
(如同竞技场上拉长的目光
只是为了追逐接近胜利时动作失调的
运动员)在庸常的生活中
我尽可能幸福地活着
不仅仅为了流淌——
我们应该有高于现实的位置

5
再次写到瀑布。一瞬间的思考
无论什么都注定要消失吗
连同这张光彩夺目的脸!
它迥异于万物那无精打采的神情
光线也为之失色。
我甚至怀疑这只是一张面具
面具后,忍辱负重的山脊
才是无法道出的疼痛
再次写到瀑布,一瞬间的
思考:无论什么都注定要消失吗

6

游戏清澈之水的男人和女人
怎么就没有忧伤呢

他们一定忘记了自己
或许以为自己就是峡谷的一部分

7

我在思索,飞云湖水
为什么如此之绿
湖水中隐藏了怎样的心情

当游船破水而行
两岸的青山竹林为我们让路
搁浅,只是旅途插曲

现在我有足够的时间追问
没有谁告诉我答案
生活,可能经不起追问

只有湖底的鳝鱼洞悉真相
波澜不惊。但愿时间就此停住——
绿水之上,秘密不可分享

8

一路上我都在溯流而上。我曾在一条满是
肥美鳝鱼的小溪前卸下脚上的羁绊,在溪
水的清澈中,看到自己尘土满面、身心俱

疲的影子,看到往昔的生活片段。有人在上游泛舟水上,和两岸的山石竹苇一起优游于自然万物之中。在八月,一条无名溪流,静静地流淌过我的情感深处。

9
在畲家逗留,像小时候那样
跳竹竿舞,绕过忧伤

重新相信爱情。在竹林里
和热爱的人对山歌

用小瑶池的闲致和时间
温暖彼此,不再无望

住通天房,品野莓子
漫步红枫古道,为繁星激动

放歌山野,看层峦叠嶂
大气分明,世界沐浴着阳光

还有什么不能放下呢
简单生活,从这里开始——

10
长亭复短亭。我竟不敢回头——
所有的依恋都在无声的诉说中

和风十里,崖岸低回。我的渴望
和暗伤,只有这方山水懂得

就如流水从存在的一切中
流出,流到永远存在的一切

11
任何表现主义都抵不过扑面而来的
自然之风,我知道我该留下一些
感恩与赞美的诗篇
可我的语言不应承担这重大的责任
我的文本也仅仅依靠对景观的怀念而生存
离开自己熟悉的地方
不是为了遗忘,最深层的
幻觉,还停留在文成的山水中——

(原载《青年文学》2011年11月号)

如　　果

如果，你想知道我的境况
就看看风浪中的小船吧
如果你想从我的眼睛里分辨色彩
就看看海上涌动的风云
暗成黑影的岛屿
坐在岸边藤椅上的女人吧
风掠起她的长发
她的彩衣，使灰暗的事物
更加灰暗。云层压得很低
海水奇异地明亮起来
兴高采烈的人在堤岸的另一边拍照
世界的热闹太多，孤单太多
这些都不属于我——
热爱生活的人哪，每一天都想
活得简单、快乐，每一刻
都有孩子般渴望被夸奖的心

(原载《诗刊》2011年10月号，《山东文学》2013年第10期选发)

故园黄昏

火焰噬舔着往昔,灰烬层叠落下
所有爱过与拥有过的
都在此刻归于烟尘
漫长的一生,不过是火焰的舌头
大地上的一抔尘土

远处风沙骤起,群山中
松涛裹着纸灰飞舞——
过世亲人遗落在人间的片段
就要在此刻回归

风穿过密密匝匝的丛林
带来庙宇的气息
阳光下,右边的新坟默然神伤
去年我们曾在左边
送别另一位年轻的亲人

松枝上,一只不知名的大鸟
倏地沙声嘶叫

黑色羽毛泄露的秘密
使故园的黄昏愈发沉重

(原载《山东文学》2014年第4期)

怀旧的石头

什么样的手才能抓回逝去的时光?
我是块怀旧的石头,不断地
在往昔的光线中清点水印和盐渍
不止一次来到海边
在你伫立过的石柱旁——
我要从你的角度看看世界到底发生了什么

灯塔还是原先的灯塔
孤独如故。海边的浪不厌其烦地
叩问无语的海岸
从眼睛里驶出的那艘船
尚未穿越一个人的黄昏

一切似乎都没变,一切似乎都变了
从西南吹来的海风已改向东南
桥上的铁索已面目皆非
海边再没有你的身影
大海一脸茫然地看着我
那些经过我们的事物全都离开了我们

那些说过的话,也已随风消散

我的记忆却原封未动——

什么样的手才能抓回逝去的时光!

(原载《诗刊》2011年第10期)

一贫如洗

初秋的夜晚一贫如洗
我翻着我的皮夹子
和藏在最里层的皱巴巴的词语
它们足足睡了一天一夜
有一个轻轻发出了鼾声

风轻了一些
月亮也高了一些
当草儿停止生长
即将匍匐在大地
它最后一次清脆的拔节声
将拔高整个秋天

(原载《飞天》2009年6月号)

隐秘的爱

不是所有的爱都能
和盘托出
山峦也懂得静默

草根倾慕枝头的花朵
也仅限于
仰望

一个死去多年的人,忧伤地
爱着一个姑娘
他爱着,却不言说

隐秘的爱,就是把他放在舌尖
然后闭紧嘴巴,不让最后的
甜蜜流出来

(原载《遂宁日报》2015年4月副刊华语诗刊)

证　　人

天黑之前，我赶往西区 4004 号
看望一个被拿走姓名的人
在他终日坐着的地方，可以看到
隔壁房子墙上的爬藤植物里
隐藏着小人物的命运
以及越来越长的影子，我们的寂寞

我向他咨询对抗牙疼的经验
临别前，向他借走梦中用过的那把手枪
（在充满敌意的环境，这多么必要）
还有他喝马黛茶的杯子
我把它带回我的书桌
盛放时间的杯子，记忆的避难所

当然，我不会自行离开——
我们生活在同一片海域，怀着不顾一切的
爱和向往
枪声响过，我是这里唯一的证人

(原载《青年文学》2011 年第 5 期)

卷四
不期而遇

一只蜻蜓在飞

一只蜻蜓在飞。它不和汽车比速度
它比轻盈
它承受着整个世界的重量
依然飞得忽上忽下,忽左忽右,忽前忽后

它不和你比目力
你看得再远,也看不透围墙,看不透黑暗
看不透一个人
隐藏在眼神后的心思

一只蜻蜓在飞:孤独,却对孤独一无所知
它不变态,不邪恶,不攻讦
用存在完成例证:任何战争,都是荒谬的

它也不和谁比死亡
它比壮烈。浑浑噩噩的死法太沉闷了
它比瞬间的碰撞与消殒

(原载《诗刊》2013年3月号,《诗选刊》2013年第7期转发;入选花城出版社《2013中国诗歌年选》、《齐鲁文学作品年展2013》)

习惯的力量

一个刚停止呼吸的人,体内
奔跑的温暖迟迟不肯散去
薄情的人转身离去
背影不断地闪现在旧爱的窗前——
习惯的力量带着
快乐,也带着悲伤

时光的版图在驴皮上日渐缩小
海浪如鼓槌击打灵魂的死穴
我不再感到痛苦——
我已经渐渐习惯
当大海不再用它的个性挑衅岩石
当星光下的小岛一脸漠然

章鱼:一截截被斩断的腿
在习惯的跑道上惶然地蠕动——
它肯定隐隐作痛
仿佛地震后的废墟说不清哪里塌陷
仿佛废墟下活过来的人

生的灯火曾由死来点燃

在习惯的力量中,我们
一再地被拿走:爱,渴望,思想
一再地被进入:孤独,暗伤,破碎
这反而让内心平静安详——
当失去的永远在失去
当失去变得越来越没有意义

  (原载《诗建设》2013年第8期,《诗选刊》
2013年第6期、《山东文学》2013年第10期转载)

在 别 处

太多的美景,无法一一描述
这里天开画屏,风月无边
阔叶林翻滚而来
桃源洞分割着童话与现实
铁索桥晃过飞翠湖
山脊为我们让路。沐浴着梦幻之风
我忘记了自己的泥泞身份

不是所有的风景都能尽收眼底
从桥上走过,要学会放弃
丁步桥下的流水
映照着我们来不及收藏的困厄
惊叹中冲走我们内心的墙

他们说,小心点!其实
若不恐高,便可从容
掌握了平衡术就无须担心
脚下沟壑万千。生活中有太多限制
但我站在这里是被允许的

还有什么比山水更接近存在的意义?

在龙麒源，我们跳竹竿舞

饮银叶茶，展笑颜，说热爱……

我几乎相信

这是一群善于讨好命运的人

相信拐角处等待我们的，是惊喜

而不是无奈；相信岁月

都像——哦，都在此时此地

(原载《青年文学》2011年第11期)

相　　逢

我爱这一场相逢——
在五月，我与孤岛相逢
与黄河口的繁花古树、飞禽小兽相逢
与岛和岛之间的风暴相逢

是谁，忧郁的眼睛
带来宽阔的景深和神秘光谱
又是谁，仿佛旋转楼梯

远处走来的那个人
让我想说，没有什么风光
抵得过你的翩然而至

暮色指向孤岛，指向
穿格子衬衣的诗人——这一刻
时间的光，因为这场相逢
奇异起来

那怒放的茅莓花，突然苏醒的湿地

那疏离又懂得的眼神
那撞进,那约定,那音乐,那触不可及——
我爱上了这里,翅羽盈动,情不自禁

(原载《齐鲁文学作品年展2014》)

渔家姐妹

没见过她们,你就不会知道
什么是晴朗什么是宽阔
她们的脸是海风的颜色
她们的牙齿
是整齐排列的珠贝;她们的腰身
是奔跑的小兽晃动水草

海水亦友亦敌,带来鱼鲜
也带来海难
背在身后的假坟,让她们
在夜晚有了哭的方向——

我的织网赶海晾晒海带的姐妹
我的小网垂钓大网捕鱼的姐妹
我的海水洗脸的姐妹
头顶明亮而隐晦的天空
手牵大海的航线
在铺开的盐粒中写着生活的引言

(原载《诗刊》2010年第10期)

平 安 辞

新的一年不会更加糟糕
风过原野,带走惴惴不安的尘土
哦,往事如烟——
我们无须咀嚼其中的艰涩

过去的年月令人束手无策
我们失去建造教堂的图纸
航线冰冻,黄昏中的稻草船破败不堪
还有什么比这更加糟糕

大雪铺满道路又有什么关系
倚窗观雪,或者
堆一个无所不能的雪人
戴高帽,以凛然之态睥睨天地万物

——这让人意外地惊喜
工人阶级掌握了原子弹
世界可以拿走面包、黄油,甚至更多
而我们,总会找到属于自己的小快乐

(原载《新世纪文学选刊》2010年增刊)

计划中的生活

计划中的生活如一杯待饮的温茶
我们都将成为幸福的人
单调的重复
和逐渐暗淡的欢乐,没有改变
我们热爱生活的初衷

草长莺飞时节我揣着大海
跟随你到多山的地区走一走
看看内心孤独的人
投在乡村路上的倒影
在那里,我要收集有关你的故事
作为你曾快乐的证据

跑调的老唱片归属怀旧的队列
生命的剩余部分才应过得风生水起
穿越时间罅隙,纵向深处
是安静的老年——我们
手挽着手,缓缓走过林荫道

还要把迫降的飞机修好,飞过

不堪回首的时光……

计划中的生活,仿佛沙漠里的胡杨林

引领我们的想象——

生活的计划没有明确的承诺

和期限,却不缺必然的结局

  (原载《诗刊》2010年第6期,《诗选刊》2010年第8期转载)

大风雪

你回来了,穿越持续的大风雪
你踮着脚往树上挂灯笼
戴着走时的那顶黑毡帽

大雪弥漫中,你擎着大红灯笼
慢慢地转过头,对我微笑
你亲切地唤我小名,仿佛就在昨天

又到年尾,远方响起爆竹
我牵挂的人都在,你去了哪里?
庭院里空空荡荡,只有
大雪纷纷扬扬

……我不悲伤,就想问问你
今年的大红灯笼,还挂不挂?

(原载《山东文学》2014年第4期)

站在时间的侧面

秋天浩大。热爱生活的人
在湖水的波光中歌咏生活
谜一样的世界需要持久的热情
这仅限于梦想

船舱里斜阳暖照。每张脸上
都有一片午后的阳光
仿佛此时我们已返回澄明之境
不再有危险,折磨
仿佛经久的病痛
暗伤,只是流年的休止符

我站在时间的侧面看见阴影
看见十月的风
吹着莱西湖,河柳斜向
水面,看见波澜
一个人内心的起伏不定

浮云在高处看着我们拈须微笑

已经是秋天,再多的纠结

也要放下,再隐秘的爱也应得到善待

再深的欲望

也要学会抽身而退

(原载《诗探索》2011年10月号)

彼　　岸

你没有走远,只是到了彼岸——
那里才是永久的家

而我,依然身处异乡
在霜雪路上比蜗牛爬得更慢

窗外浮过你:绿如云朵,脸上
高悬着一片帆。我们亲切交谈

不舍昼夜。我们不说死亡
只说回家,只说最后的温暖

(原载《山东文学》2014年第4期)

高飞的水鸟

道听途说不足以形成对历史的
虚构,战争的遗痕也不能
当你在湖上眺望远方
历史正挂在船舷上
迎风飘扬。被遗落的风声洞悉一切
但它只是过客,茫然的心
穿越湖上秋天的波光
任何虚构都难以指证现实
舷窗外,水流云在
芦荻顺着风,这是生存的最佳方式
多少年来,多少人对此深信不疑
只有你,高飞的水鸟
完全把自己暴露在枪口下

(原载《诗探索》2011年10月号)

野 孩 子

或许半小时后
阳光将照进密密的丛林
草地里的孩子将会醒来,自由自在
像一只黑色的野鸽子

他的鼾声响在林子里,书包
枕在脑壳下,睡觉的姿势很难看
一点也不像快乐的野鸽子

林子里半明半暗
群山还没有醒来
没有觅食的小动物
没有牧羊人打这儿路过
他舒服地磨牙,打呼噜
蜷在一堆麦秆上

爸爸刺耳的尖叫声不会传来
那只洁白的野天鹅还没有飞临
小麻雀会闯进梦里

他在酣睡中耐心守候

想想也有不开心的时候
比如昨天的作业没有做完
班里的伙计羡慕他
说他今天来，明天可以不来
最让人头疼的是
隔壁的那个老婆子
总是拿拐杖追赶他

现在他坐在麦秆上
伸出鸟爪一样的黑手
他的咳嗽在阳光中越来越亮
一小片朝霞在天空悄悄地盛开

（原载《诗刊》2007年9月号；入选《中国网络诗歌年鉴》）

织网的女人

午后的海比一座空城安静
温顺地守着午睡的礁石
呼吸里安置了昨夜的细微激情

一只海鸥飞过,轻捷的
倒影远去。风吹海面,羞涩的波纹
荡漾在织网女人的脸上

遮阳帽上,粉红的碎花
捉弄着她此时的心情
女人一边织网,一边怀想

她偶尔拢一下露在外面的头发
抬头看看蓝天,碧海
身边的小狗,远处的渔船

渔船里忙碌的男人
还有身后的青石红顶瓦房……
所有这些,都是她的

连同浪潮里涌上来的盐粒和幸福——
织网的女人坐在沙滩上
仿佛小小的发光的齿轮

  （原载《山东文学》2012年第5期，《中国诗歌》
2013年第10期选载）

不期而遇

照片上的女人,年轻清秀
男人的悲伤弥漫了整个屋子
三岁的儿子趴在地上玩弹子
笑嘻嘻地看着每一个人

在这间被叫作灵堂的屋子里
死亡黑色的尖刺
与童年的幸福不期而遇

(原载《诗刊》2007年第9期;入选山东文艺出版社《山东三十年诗选》)

归　　宿

如果万物最终都有归宿
我将身归何处？
大地过于阴暗，群山略显干燥
我的归宿必是这片海洋
必是海水中最深处的寂静

透过半透明的毛边玻璃
可以看到熟悉的海岛，温暖的海草房
早起的渔民驾船出海
女人们拖着蓝色渔网走向沙滩

临近黄昏，渔港热闹起来
那里除了鱼鲜，还有亲人的身影
夏日晚上的海边松林间
可以看到海水浴场的篝火和纳凉的人
他们，让我几乎接近幸福

在海水中，我会忽略不幸
沿着善良与幸运的光线打量海岛

如果万物最终都有归宿
我的归宿必是这片茫茫海域

(原载《诗刊》2011年第10期)

秋天的渡口

用一滴水浸润生活,用一缕阳光
描述热爱,用一个生僻字
解说现实,一个诗人
更容易被诗意的生活击伤

其实我要求的并不多:
和一个人,在秋天的渡口
看长河落日
谈论海水的孤独和被浪费的时光
那些说不出来的苦,其实我们都懂

潮汐来了又去,风景
看了又忘。多少事物正在消逝
多少熟悉的人,正变得陌生
我们在生活的漏斗里
珍藏了热爱,却受困于渔人的网索

愁苦在,忧惧在,遗憾似波浪
啃噬岩石

精神的国度向来不缺少孤独

其实，我要求的并不多

一种寄托，一份安宁

漫长岁月里，值得拥有的守候与绝望

(原载《诗探索》2011年10月号)

假 如

"假如可以手牵手去看大海"
说这话时,窗外正刮着风
冬的湖面泛出冰碴

三月的水蓝得叫人心疼
"我一点儿也没想你"
说这话时,夕阳正倚在山岗
深藏一冬的种子
拱出了潮湿的土地

(原载《诗潮》2009年第4期,《新世纪文学选刊》
2009年第10期选发)

每一朵槐花都是冥想之鸟

这里没有尾闾的荒凉。槐林

尽头就是大海

抬眼望去,千万只白鹭

在槐枝间集群营巢

我闻得见白羽的芬芳,听得见

大海的滚动声——

它将成为一个纯粹的事件,告诉我

生命的自在与甜蜜

这白鸟,突如其来,铺天

盖地,仿佛久违的幸福

而时间,正向着过去和将来逃逸

有一天槐枝间的鸟会消失

有一天我会无话可说

但此时,我只想用我的自由

接近、聆听和飞翔

一场花开,足以忽略生活的复杂性

海上浪涌,风恋槐香

所有的白,只为对应心中的安静
我凭海临风,为了看我
在另一个海岸迎风而立的样子——
像这场花开,多么孤独
多么美——仿佛我已获得完全的宽恕

    (原载《齐鲁文学作品年展2014》)

乡村的月亮来自海上

除了悼念,再没有其他
我总在焚香之后
长久地凝望。你还是老样子
微笑的嘴角藏着未曾说出的心愿
我总在有风的思绪里
让膝盖亲吻泥土
总在临走时留下一个脚印
尾随青烟寻找你的寓所
燃尽的香,是时间的残骸和空间的墙垣
乡村的月亮来自海上
我总在回家时把它遗忘

(原载《山东文学》2014年第4期)

三月的疼痛

1
现在要去的城市,有倨傲的
笑容。偶尔会闪过
漫不经心的深情

那时,你叫我小影
也会叫我猫咪
口气亲昵,间或流露出
对我好友的敌视

现在小影在车上,在
时间之外,想起当年
容易冲动的少年,猫咪的锋利
抓破内心

2
那些日子总是下雨
偶尔有点小脾气。一把伞
就撑起鸢飞的晴朗

我空着双手走在雨中

现在,是春寒料峭的季节
小影一直没告诉你
每天去邮筒,手里捏着的
其实只是,空的信封

3
西行路上,我不想诗歌
不想粮食和时尚
我只想你
有人小声说,车到莒县了
我便告诉你小贝在这里
一个有着忧郁面孔的英俊男人
我们可以恣意交谈
回头,我又看见你
漫不经心的眼睛里燃起火焰
我的陷落,一如当年

4
火车撞破夜色
曾经努力掩饰的情感开始发散
颠簸一路疼痛

想起那年泛滥的水
想起在潮湿的树林捕捉幼蝉
辣子蝉的味道
至今能搅动五脏六腑

如今,水不是当年的水
蝉,也不是当年的蝉

5
就是这里。我脚踏的土地
有你的气息

弦月如钩。思念挂在钩上
晃过屋脊。你在月亮背面

走近,或者远离。
我在绳索之上,两边都是危险

只有转身。蹚过沂水
蹚过月下的人间。

(原载《绿风》2010 年 6 月号)

魔　　帽

这个冬天比以往阴郁
雪一场接一场，风
折断头发

一枚鸡蛋碎了，裸露出苍白
这时需要一顶帽子，盛放破裂的蛋壳
需要狮子和九朵玫瑰守护的宝贝带来云彩
五朵小云彩，飘浮的小渴望，闪亮的小幸福
需要把流进帽子里的苦变成木莓汁
用一粒花籽儿，孕育完整的春天

（原载《诗歌报》2006 年 10 月号）

仰望寒秋

在热闹的地方,孤独会变得
更加孤独,这符合
我与生俱来的命运
当一个人站在甲板上,用莱西湖的空旷
验证内心,当湖水里长出的小刺
遭遇一个人的遍体鳞伤
我对风摧下的河柳产生了悲悯

或许还有更多,比如
飞过天空的黑鸟
给平静的湖面投下阴影;比如命运
比如不可捉摸的感情……
万物自在而生,各有宿命
我什么也不说,任
风摧河柳,任风吹我

多少现实需要艰难应对
多少往事,把心变成了荒原
当我仰望寒秋,舷窗内

一个人的笑容,给斜阳也镀上了金边
我的心里忍不住流下泪水

莱西湖啊,请告诉每一个路过的人
收起锋芒,火药,暗器,和雾霭
如果爱,就真心赞美——
枯败的灿烂渴望火焰
沉寂的灵魂,需要柔光的慰藉

(原载《诗探索》2011年10月号)

距 离

下午,赤脚走在潮湿的沙滩
脚底冰凉,脚背温暖
阳光跳跃在海水上
我细心测量它们的距离
石岛与东京,等于东京与洛杉矶
贫与富,等于一个美洲土豆
和一只非洲鲍鱼
生与死
等于白天和黑夜
藏在下午,一眨眼之间

(原载《飞天》2009 年第 6 期)

侧面的海

一段残缺的历史没有多少意义。
一切都在消解,逝去。
走在海边的男女
只是一瞬间的一瞬:海水滔滔
仿佛流逝的只是流逝,而他们
只是在不眠的海上
在港湾的摇晃中随波逐流。
走在海边的男女拥有一个大海的
安静——风暴藏在深处
漫长的海岸线拒绝儿女情长。
一段残缺的历史没有多少意义。
一切都在消解,逝去。
挂在船舷上的夕阳,以及岸边
那些黯淡的脸,那些忧伤。

(原载《诗刊》2010年第10期)

时光的味道

1
你痛苦的芒在我身后
在我优雅的舒展中

龙潭吹灭德山的蜡烛
我在你面前关闭了自己

像花儿那样关闭

2
树上的叶子被风吹得离散
那无形的光影
不再被辨认

模糊的,不仅仅是时间
疼痛也会变得迟钝
失明者眼睛里的皱纹,潮水般远去

3
存在有多种可能,我们能看见壳
却看不见壳里的核
看不见秋天遗落的种子里
暗藏废墟上的花朵

4
沉睡的时间就像静默的枪
扣动扳机它就醒了，道出活着的隐秘

一下雪，夜空就醒了
有心事的人，醒着。我醒着

上帝也醒着，隔岸观火

5
失眠者，才看得清
生活的本来的面目，才可以

在失衡的张力中
把身体恢复成动物的姿态

才可以用通灵的耳朵，听暗道里
脚步声远远近近

6
半杯水静立在钢琴架上
琴键落满灰尘
窗帘安详。一袭光影
盛开在墙壁中央

裸露的空气里
水慢慢流向空中，无声无息
杯子兀自不动

在他看来，冬天
晶莹，炫目，易碎

向日葵也露出枯萎的骨头

7
我喜欢看着水慢慢地流进杯子
不缓不急,直到溢出

我喜欢看着水
在剥落的面具下轻轻地
划过黑暗,滴穿岩石
无声地流远

我终将与水融为一体
不再分离
却终将分离

8
年末在微雪中降临
老家的屋顶上没有轻骑兵
只有一位老人
正低头清理烟囱
他保持雕塑般的控制力
在不断的重复中
击落尘埃

斗转星移。幽暗的乌鸦
在集结中袅袅而去

9
而月亮碎了
到处都是裂纹:玻璃,墙壁,身体
风从缺口处钻进来

挤走光,把自己涂成夜的影子
眼睛里藏着起飞的群鸦

你黎明时就要走:跟随寒鸦
逃离黑暗
这是永别,也是开始
一滴水,穿过我的眼睛、骨骼、神经
把我钉在暗沉的土地上

而月亮碎了
月亮碎了!每缝一寸,都连着皮肉

10
现在被废弃
没有列车驶过
曾经轰鸣的往事
锈蚀在晚风和碎石间

杂草从肋骨里一根根长出来
夕阳之下
一把看不见的手术刀
在整齐地分割

11
提起脚,把自己举到半空
周围有暧昧的眼神
风贴紧地面

这里空旷,寒冷,危险
你到达最高峰
像米拉静坐菩提树下一样荒谬

当翅膀被折断,幻想从高空坠落
崩溃的声音铺天盖地

——无影灯,手术刀,若即若离的白
你以微妙的方式死过

……现在,你只是一个人
对地狱没有任何恐惧,对天堂
也不存在人间的贪念

12
我看见你颓废的影子穿过街道
宝贝,你总是孤身一人
像灰鸟悄然飞过

生活在没有阳光的城市
雪是你心里绽放的海棠
独自开,独自冷

灰鸟独自飞过。这么多年
你学会了吸烟
嗓子粗粝,如糙石

你甚至懒得去梳理一下羽毛
所经历的山山水水
如今都褪了颜色

跟大街上的一滴水一样
时间的灰鸟掠过眼睛
你素面朝天,过着平庸的生活

13
一些话适合在午夜交谈
就像禅房里盛开的
黑色花朵,需要避开灿烂的阳光
就像眼睛里泛滥的盐
需要用一件旧衣服反复擦拭

站在一滴水的中心
我看见你的名字在文身上疼痛
看见你的渴望在针芒上挣扎

沉默的花朵长在低处
我们赖以取暖的影子,像风
忽远忽近,你伸出手指
把痛捏成石头,一块块吞下
我听见,保存完好的瓷器
在你心里,碎了又碎

14
坚硬的石头
在你离开后开始松动

我听见你说繁花　绿叶
说闪光的句子
希望之门在黑暗中紧紧关闭

随后你说流泪　皲裂的土地
说黑暗的子宫
失望之门在黑暗中缓缓打开

15
像窗外若即若离的风
我知道你来过
在午夜的街头

我就在你对面,看你
在黑夜里擦亮火柴,点燃思念
即使你隐在光影后面
我依然能感觉
像隐词,像三月的咖啡

一朵花在深夜悄悄地盛开
等我!我要让你看见
我娇小身躯在风中起舞的样子
让你看见,从我双袖里舞出的
扼杀在口中的思念

16
谁如此沮丧,又如此快乐
大雨滂沱的夜晚
闪电的光芒照亮一切
阴暗的树丛
镀上耀眼的光边

窗外,黑色的雨
熠熠生辉
火焰的舌头刹那间
点燃了此刻

17
没有谁能积累

这么多暗涌的甜蜜
一场符合时令的雨，让我们
浑身湿透

一切都尘埃落定
在祈祷中
那雨过千山的宁静
忘却了许多坠落的细节

18
是奥尔甫斯琴弦上的乐声感动了天空吗
你看，雪花开满大地
鸟儿飞出林子
河水在流淌中醒来

19
从烟熏的三月开始，从根部
从枯藤的褶皱
从流水婉转的内部开始，我的春天
从小桥东开始

山居的日子远了
现在临水而居，没有篱笆
温暖到处都是
春天里，生命是一件赏心乐事

（原载《诗歌报》2007年2月号、《诗刊》2007年9月号、《新世纪文学选刊》2009年10月号选发）

敬　　畏

成方的石头堆在石材厂,等待被切割
打磨成人们需要的样子
无法避免破碎的命运,就像爆炸现场的
残肢剩体——
谁来倾听这底层的呼号与呻吟?

我们都是石头喂养的,耶稣一样的石头
心中应该有敬畏,才能看到满目疮痍
才能听见一个声音,才能
在万事万物各自有命中找到共同的命运

（原载《诗刊》2013年3月号,《中国诗歌》2013年第5卷转载；入选作家出版社《山东作家作品年选》2013年卷）

这些岛屿你曾来过

这些岛屿你曾来过：镆铘岛
东楮岛，鸡鸣岛，苏山岛，海驴岛
鹁鸽岛，南草岛，内遮岛
外遮岛……还有
石岛。热情蓄势待发
它们在等待着你的归来——

你闻过这里的海腥，到过这里的渔港
用手势和这里的渔民攀谈过
靠港的船只和高耸的灯塔都曾
停留在你的视线
如果把海岛比作一颗星星
你必是其中最亮的发光体

落日沿着舷梯走进黑暗
你也从岛上起程，去往未知的远方
带走一片鱼鳞，一滴海水
一次次的潮起潮落
也请带走任何一块缠满海藻的石头
在想海的时候把它放在耳边

(原载《新世纪文学选刊》2010年10月号)

迎向未曾消逝的灵光

愿你居住的地方安息
愿祈祷在这里永存
愿我们像以往那样穿行于山野
遍尝野果,忘记俗世

我钟情于野草莓,你独爱桑葚
它们乡野气息浓郁
身体里留有晚霞的红晕

这些植物啊,再美
也要随着眼前的薄雾消散
也要和我们一样
来于尘土,归于尘土

愿你居住的地方安息
愿祈祷在这里永存
愿我们用彼此流动的影像
迎向未曾消逝的灵光

(原载《山东文学》2014年第4期)

大　　地

不一定要听到回音

就像现在

面对空空的岩壁

喊声穿过丛林幽幽传来

消失在无垠的雪地上

你是海绵

吸纳了所有的酸楚，泪水

和阳光的根须

而回音

像一个顽皮孩子的游戏

被你悄悄地收留

(原载《诗刊》2007年第9期)

风景之外

风景之外,还有什么风景
高高的山冈,层叠的松木
蒿草在风中卷扬着最后的苍茫
……这些不是风景
一块挨着一块的大理石
大理石上凝滞的文字
文字背后寂寥的人生……
这些,是风景吗
霜雪枝头,一张模糊的脸
一种必然的命——
唉,这些也不是风景
风景已被你带入泥土
随着一场滂沱大雨,永远流逝了

(原载《诗刊》2010年第10期)

心怀流水

浮云和飞絮,张扬的事物
与我的春天无关
心怀流水的人注定在低处流淌
注定要遭遇大海——
只有我的手指
才能触摸大海的体温
风暴正在前来赴宴的路上
并非所有的移动都是死亡在召唤
我的属性里没有消逝——
心怀流水的人注定生活在低处
在大海内心
在最后一首诗的前面

(原载《诗江南》2012年第5期)

星期六医院记事

这是一次细雨的坠落
地面微湿
冬青树泛起绿光
树丛里鸟儿的叫声
被孩子急促的哭声冻僵

星期五的阳光也因而潮湿
我坐在候待室长椅子上
斜挎棕色皮制提包
不停翻弄着一本旧杂志
耐心地等候着化验单

医生安慰我说没事
再过十分钟就会知道真相
可真相到底是什么呢
我依旧深埋在那本旧杂志里
片刻都不想离开它

细雨还在坠落

快接近尾声了

我拿起化验单走出医院大门

一对满头白发的老年夫妇迎面走来

看着手里的化验单

我突然想起自己

在一次次坠落中悄悄变黄

(原载《诗刊》2007年9月号)

海　水

用闪光的波纹作为面具，用幻觉
替代真实的生活，这样做的
不仅仅是海水，这样说也不代表
要探究生活的原样

如果把目光放得高远
就会懂得：光源在别处
看一张失落的脸，就会了解
光怎样慢慢后移，直至消失

有时，一阵风就能揭示
事物的真相
有时，破坏敌方光线的质量
就可以打赢一场战争

海水兀自闪烁，它永远无法理解
自己为什么会被
虚空所吸入，也无从懂得
在高海拔处天总是更亮

（原载《山东文学》2015年第5期）

一只褐鲣鸟在鼓翼飞行

深海里栖息着灯笼鱼
银灰色的薄鳞下发出灿烂的光芒
让那方黑暗,光彩如节日

源自哪里,这暗处的幽光,以及
密布在海水中的盐?
平静的海面下暗潮涌动
我听见大海在说话
却无法探悉内部的秘密

无法说出
那秋水横波的笑容里
隐藏的千言万语,也无法
预知暗夜的大海
有多少意味不明

有船搁浅而止航
有人因海难而长眠海底
一些迹象和征兆
在沙滩留下不为人知的痕迹
透过迷离的雾气

我看见，一只褐鲣鸟在鼓翼飞行

罗兰说，只有一种英雄主义
就是在认清生活真相之后
依然热爱生活

大海动荡不息，浪迹天涯的水
夜夜仰望星空
拥有比整个星空更奇异的闪光

(原载《山东文学》2015年第3期，《中国诗歌》2015年11月卷转发)

在秋天的暮色中

暮色降临。我们在归途
看见残阳,大地秋光
看见静寂

秋风横扫原野,被收割的庄稼
留下生命的遗痕
你要相信,它们是幸福的

长长的引水渠横亘在广阔的乡村
作为一种指引,你要相信
在未知的命运里,它们
不比我们更茫然

而黄昏饱满。夕阳落下来
此时岁月静好,万物殊途同归
在秋天的暮色中
我看到湖中的倒影正在消逝
看到残阳,大地秋光
看到静寂——啊,我看到了静寂中的
时间之美,生命之美

(原载《中国诗歌》2015 年第 11 卷)

图书在版编目（CIP）数据

泗渡与邂逅 / 东涯著. —济南：山东文艺出版社，2016.5
（文学鲁军新锐文丛）
ISBN 978-7-5329-5218-2

Ⅰ.①泗… Ⅱ.①东… Ⅲ.①诗集—中国—当代
Ⅳ.①I227

中国版本图书馆 CIP 数据核字 (2016) 第 050305 号

泗渡与邂逅
东涯卷

山东省作家协会 编

主管部门	山东出版传媒股份有限公司
出版发行	山东文艺出版社
社　　址	山东省济南市英雄山路189号
邮　　编	250002
网　　址	www.sdwypress.com
读者服务	0531-82098776（总编室）
	0531-82098775（市场营销部）
电子邮箱	sdwy@sdpress.com.cn
印　　刷	山东临沂新华印刷物流集团
开　　本	680毫米×1000毫米 16开
印　　张	15.5　插页/2
字　　数	240千
版　　次	2016年5月第1版
印　　次	2016年5月第1次印刷
书　　号	ISBN 978-7-5329-5218-2
定　　价	35.00元

版权专有，侵权必究。如有图书质量问题，请与出版社联系调换。